岩波文庫

31-013-5

仰臥漫録

正岡子規著

岩波書店

目次

仰臥漫録

明治卅四《さんじゅうよ》年九月二日　雨　蒸暑《むしあつし》
庭前の景は棚に取付《とりつい》てぶら下りたるもの
夕顔二、三本瓢《ふくべ》二、三本糸瓜《へちま》四、五本夕顔
とも瓢ともつかぬ巾着形《きんちゃくがた》の者四つ五つ

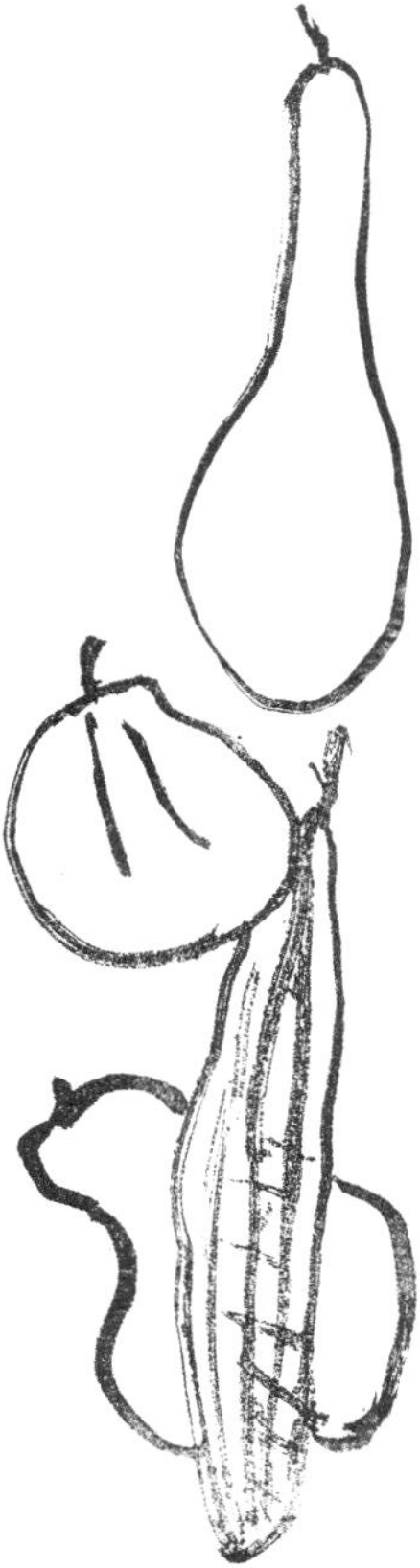

女郎花《おみなえし》真盛《まっさかり》 雞頭《けいとう》尺より尺四、五寸のもの二十本許《ばかり》

夕顔の実をふくべとは昔かな
夕《ゆう》皃《がお》も糸瓜《へちま》も同し棚《たな》子《こ》同《ど》士《し》
夕皃の棚に糸瓜も下りけり
鄙《ひな》の宿《やど》夕皃汁を食はされし
右八月廿六日《にじゅうろく》俳談会席上作
夕顔の太り過ぎたり秋の風
棚一つ夕皃ふくべへちまなんど
病床のながめ
棚の糸瓜思ふ処《ところ》へぶら下る
試みに名をは巾着ふくべかな
取付て松にも一つふくべかな
子を育つふくべを育つ如《ごと》きかも
雨の日や皆倒れたる女《お》郎《みな》花《えし》
雨の日を夕皃の実のながめかな
蟬《せみ》なくや五尺に足らぬ庭の松

試ミニクイヲハ中暑フクベカナ

瓜付テ松ニモ一ツフクベカナ

子ヲモ肩ツフサベヲモ肩ツ女キヤカモ

雨ノ日ヤ皆倒レタル女郎花

雨ノ日ヲタ白ノ實ノナガメカナ

棠ナシヤ五尺ニ足ラズ、庭ノ秋

糸瓜ぶらり夕顔だらり秋の風
病間に糸瓜の句など作りける
野《の》分《わき》近く夕顔の実の太り哉《かな》
湿気多く汗ばむ日なり秋の蠅《はえ》
雞《けい》頭《とう》のまだいとけなき野分かな
秋もはや塩《しお》煎《せん》餅《べい》に渋《しぶ》茶《ちゃ》哉

朝　粥《かゆ》四椀《わん》、はぜの佃煮《つくだに》、梅干《うめぼし》砂糖つけ
昼　粥四椀、鰹《かつお》のさしみ一人前、南瓜《かぼちゃ》一皿、佃煮
夕　奈良《なら》茶飯《ちゃめし》四碗、なまり節《ぶし》煮て少し生《なま》にても　茄子《なす》一皿
この頃食ひ過ぎて食後いつも吐きかへす
二時過《すぎ》牛乳一合ココア交《まぜ》て
煎餅《せんべい》菓子パンなど十個ばかり
昼飯後梨《なし》二つ
夕飯後梨一つ

服薬はクレオソート昼飯晩飯後各三粒(二号カフセル)
水薬　健胃剤
今日夕方大食のためにや例の左下腹《したはら》痛くてたまらず　暫《しばらく》にして屁《へい》出で筋ゆるむ
松山木屋町《きやちょう》法界寺の鰌《どじょう》　施餓鬼《せがき》とは路端《みちばた》に鰌汁商《あきな》ふ者出るなりと　母なども幼き時祖父どのにつれられ弁当持て往てその川端にて食はれたりと　尤《もっとも》旧暦廿六日頃の闇《やみ》の夜の事なりといふ

　　餓鬼も食へ闇の夜中の鰌汁

午後八時腹の筋痛みてたまらず鎮痛剤を呑《の》む　薬いまだ利かぬ内筋ややゆるむ
母も妹も我《わが》枕元にて裁縫などす　三人にて松山の話殊《こと》に長町の店家《みせや》の沿革話いと面白かりき
十時半頃蚊帳《かや》を釣り寝《しん》につかんとす　呼吸苦しく心臓鼓動強く眠られず　煩悶《はんもん》を極む　心気《しんき》やや静まる　頭脳苦しくなる　明方《あけがた》少し眠る

九月三日　朝雨　午前十一時頃晴　その後陰晴不定

朝繃帯取換《ほうたいとりかえ》　十時頃また便通
陸氏《くが》只今《ただいま》帰られし由《よし》
昼前陸氏来る　天津肋骨《てんしんろっこつ》よりの土産《みやげ》
　払子《ほっす》一本　俗画二枚　板画(けしき)一枚
陸氏は支那の王宮の規模の大なるに驚きたりといふ
朝　ぬく飯二椀《わん》　佃煮《つくだに》　梅干
　牛乳五勺ココア交　菓子パン数個
昼　粥《かゆ》三椀　鰹《かつお》のさしみに蠅《はえ》の卵あり　それがため半分ほどくふ、晩飯のさいに買《かい》
　置《おき》たるわらさをさしみにつくる　旨《うま》くなし　食はず
　味噌汁《みそしる》一椀
　煎餅《せんべい》三枚　氷レモン一杯呑む
夕　粥二椀　わらさ煮　旨からず
　三度豆《さんどまめ》　芋《いも》二、三　鮓《すし》少し　糸蒟蒻《いとごんにゃく》
　総《すべ》て旨からず　佃煮にてくふ　梨《なし》一つ
陸氏内より朝鮮の写真数十枚持たせおこす

午後母は車にて芝南佐久間町の池内氏を訪《と》ふ　政夫氏のくやみなり
飄亭《ひょうてい》来る
今日は昨夜来のつづきにて何となく苦し
歯齦《はぐき》の膿《うみ》を押出すに昼夜絶えず出る　昨日も今日も同じ

町　川　に　ぼ　ら　釣　る　人　や　秋　の　風

九月四日　朝曇　後晴
昨夜はよく眠る
新聞『日本』『二《に》六《ろく》』『京華《けいか》』『大阪毎日』を読む例の如《ごと》し　『海南新聞』は前日の分
翌日の夕刻に届くを例とす
朝　雑炊《ぞうすい》三椀《わん》　佃煮《つくだに》　梅干
牛乳一合ココア入　菓子パン二個
昼　鰹《かつお》のさしみ　粥《かゆ》三椀　みそ汁　佃煮　梨《なし》二つ
葡《ぶ》萄酒《どうしゅ》一杯(これは食時の例なり　前日日記にぬかす)

間食　芋坂団子《いもさかだんご》を買来《かいきた》らしむ（これに付問着《もんちゃく》あり）
あん付三本焼一本を食ふ　麦湯一杯
塩煎餅《しおせんべい》三枚　茶一碗《わん》
晩　粥三椀　なまり節《ぶし》　キヤベツのひたし物
梨一つ
午前種竹山人《しゅちくさんじん》来る　菖蒲田《しょうぶた》原釜《はらがま》などの海水浴に游《あそ》んで帰ると　原釜にては松魚《かつお》一尾八銭高きとき十三銭
家庭の快楽といふことといくらいふても分らず
物思ふ窓にぶらりと糸瓜《へちま》哉《かな》
肋骨《ろっこつ》の贈《おく》り来《きた》りし美人画は羅《うすもの》に肉の透きたる処《ところ》にて裸体画の如し
裸体画の鏡に映る朝の秋
美女立てり秋海棠《しゅうかいどう》の如きかな

九月五日　雨　夕方遠雷
朝　粥《かゆ》三椀《わん》　佃煮《つくだに》　瓜《うり》の漬物《つけもの》
昼　めじのさしみ　粥四椀　焼茄子《やきなす》　梨《なし》二つ
間食　梨一つ　紅茶一杯　菓子パン数個
夕　鶏肉　卵二つ　粥三椀余　煮茄子
若和布《わかめ》二杯酢かけ

午前　陸《くが》妻君巴《ともえ》さんとおしまさんとをつれて来る　陸氏の持帰りたる朝鮮少女の服を巴さんに着せて見せんとなり　服は立派なり　日本も友禅などやめて此《この》やうなものにしたし

芙《ふ》蓉《よう》よりも朝顔よりもうつくしく

〔次頁の朝鮮少女服の彩色画の説明は、「袴《はかま》の紐《ひも》白」「上の袴紫」「中の袴黄」「下の袴も黄にして短し」〕

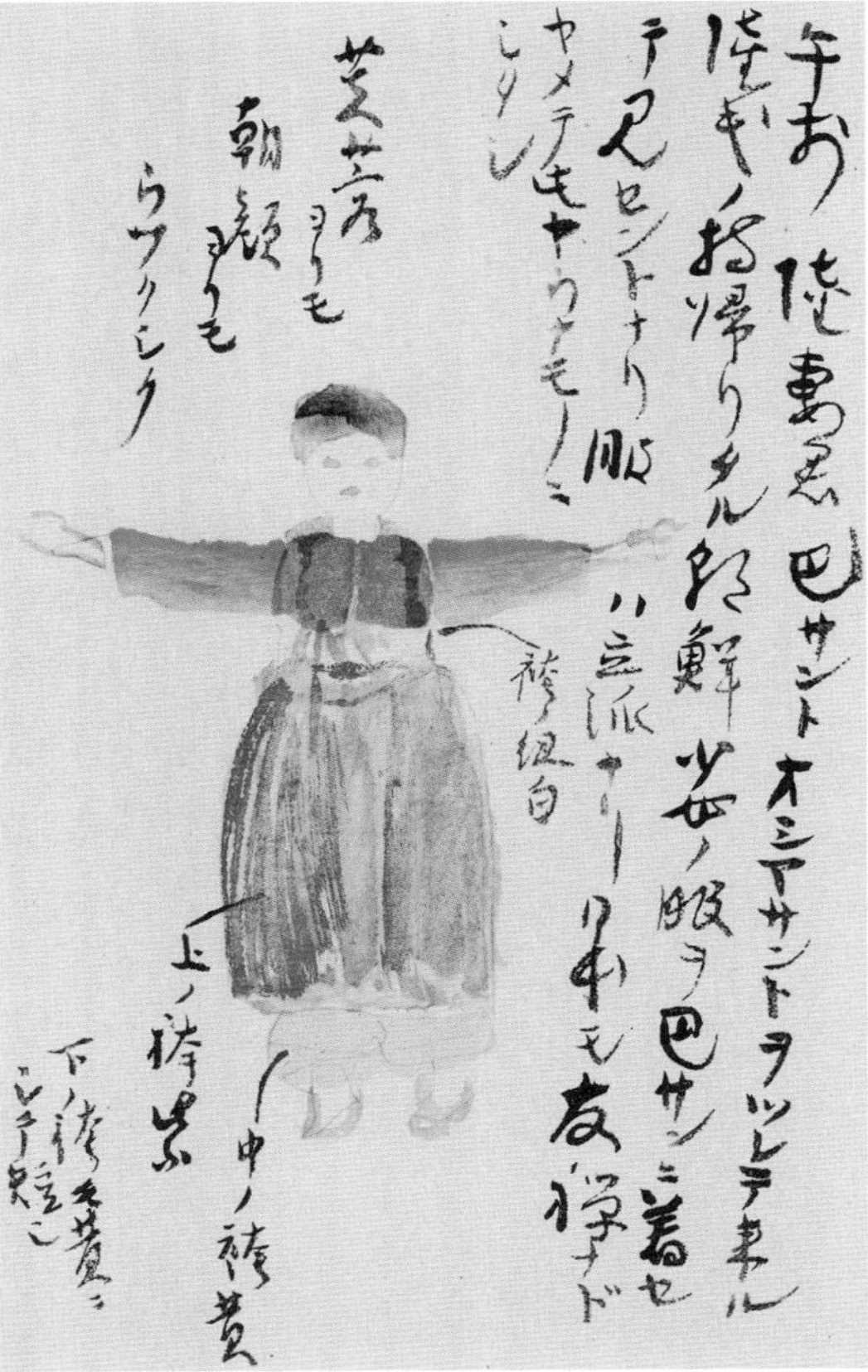
午お 徒東忠 巴サント オミアサントヲツレテ来ル
徒東忠ノ持帰リタル朝鮮少女ノ服ヲ巴サンニ着セ
芝生ヨリモ
朝顔ヨリモ
ウツクシク
袴ノ紐白
上ノ袴紫
中ノ袴黄

夕刻三吉《みよし》氏来る　明日京へ帰るとなり

夕顔と糸瓜《へちま》残暑と新涼と

青《せい》厓《がい》と愚《ぐ》庵《あん》芭《ば》蕉《しょう》と蘇《そ》鉄《てつ》哉《かな》

青厓今愚庵に逗留《とうりゅう》

題払子《ほっすにだいす》　肋骨《ろっこつ》のくれし払子毛の長さ三尺もあり

馬の尾に仏《ぶっ》性《しょう》ありや秋の風

神《かみ》鳴《なり》の鳴れとも秋の暑さかな

九月六日　晴雨不定

朝　粥《かゆ》三椀《わん》　佃煮《つくだに》不足

昼　さしみ(かつを)　粥三、四椀　みそ汁　梨《なし》

間食　今日は『週報』募集句検閲の日なればとて西瓜《すいか》を買はしむ　西洋西瓜の上等なり　一度に十五きれほどくふ

夕　粥三椀　あかえ　キヤベツ　冷奴《ひややっこ》　梨一つ

便通　朝、午後、夜、三度
今日は歯の膿《うみ》おさず
夜　羊羹《ようかん》二切
肋骨《ろっこつ》より托《たく》せし荷物近衛《このえ》公の内より陸《くが》へ来《きた》り更に陸より届け来る　三尺ほどの青塗《あおぬり》の箱なり　中から出たものは
○四君子《しくんし》等の掛物　小幅《しょうふく》六枚　地は紺にて彩色画のはでな俗なものなり
○天津人形四個　大《おお》きさ八寸ばかり　蝦蟇《がま》仙人　猩々《しょうじょう》　寿老人等
ただ土をこねて表面を彩色したるもの、中空《ちゅうくう》になり居らざる故《ゆえ》非常に重く多少破損せり
○鼠《ねずみ》二つ
○おきあげの如《ごと》き俗な者十枚ほど　○団扇《うちわ》二本
午後　おいくさん、巴《ともえ》さん、おしまさん三人来り西洋の廻灯籠《まわりどうろう》をまはして遊ぶ　皆鰕茶《えびちゃ》の袴《はかま》なり
左千夫《さちお》来る　昨夜興津《おきつ》より来りしなりと　山北《やまきた》の鮎鮓《あゆずし》御土産《おみやげ》に買ひ来りしが新橋着遅くかつ雨なりし故こちらへ寄らずに帰りたりと　興津行は『週報』課題松の歌を作

りしに行きしなりと（今日は太白といふ八幡梨を持参）

余曰《いわ》くそれわろし、松といふ題已《すで》に陳腐なるに殊に陳腐なる興津に行くこと大間違ひなり　それよりも知らぬ野寺《のでら》の庭の松か兄の庭の松を詠《よ》みたる方《かた》まさりたらん云〻《うんぬん》

閑談数時晩餐《ばんさん》（うなぎ飯）を喫し夜帰る

飄亭《ひょうてい》陸《くが》へ行きし帰りなりとて立寄《たちよる》

今日熱くてたまらず昼の内より汗出《い》で時〻ぞくぞくと寒さに冒されし心地いやなり夜に至つて腹のはりたるためにや苦しくてたまらず煩悶《はんもん》す　強ひて便通を試みたるに都合よくあり　いたく疲労同時に熱発　験温器を入れて見るに卅《さんじゅう》七《なな》度七分しかなしといふ　この熱なかなか苦し

九月七日　忽《たちまち》雨　忽晴

今朝『週報』募集句の原稿を持たせ使《つかい》を出しついでに宮本へ往て腹のはりを散らす薬をもらひ来らしむ

白い散薬をもらひ来る

朝繃帯《ほうたい》かへ便通あること例の如《ごと》し

秋 一 室 払 子《ほっす》 の 髯《ひげ》 の 動 き け り

秋 の 蠅《はえ》 殺 せ ど も 猶《なお》 尽 き ぬ か な

雞《けい》 頭《とう》 や 今 年 の 秋 も た の も し き

夜碧梧桐《へきごとう》来る　蕪村《ぶそん》句集講義読合《よみあわせ》のため

朝　粥《かゆ》三椀《わん》　佃煮《つくだに》わろし　こーこ少し(茄子《なす》と瓜《うり》)

牛乳五勺ココア入　塩せんべい三枚

昼　かつをのさしみ　粥三椀　みそ汁　西瓜《すいか》二切　梨《なし》一つ

間食　菓子パン十個ばかり　塩せんべい三枚　茶一杯

夕　栗飯三わん　さわら焼　芋煮

この夜はよく寐《ね》たる方なり

この日着物シヤツ着かへ

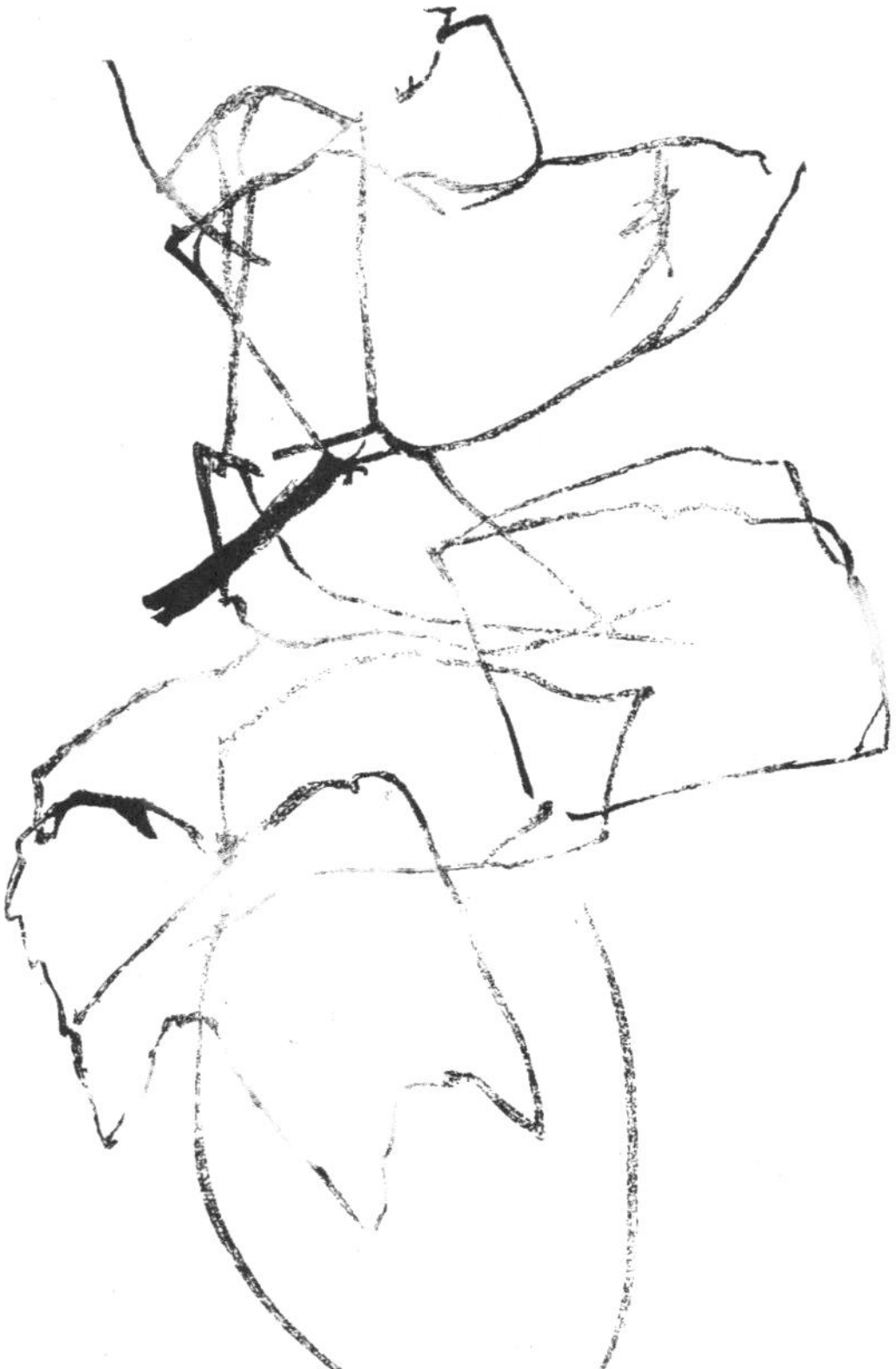

〔糸瓜《へちま》の素描〕

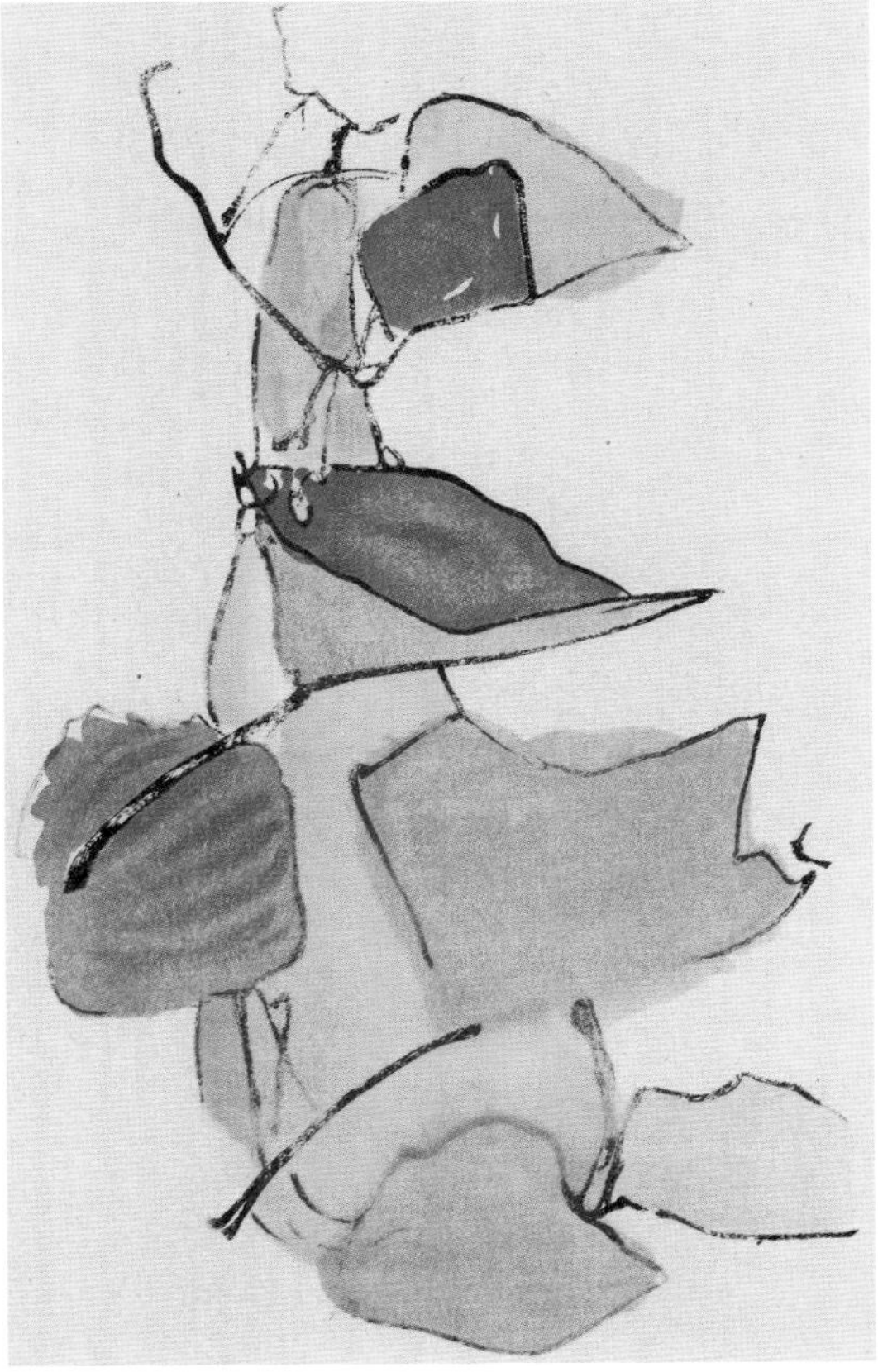

〔糸瓜の図〕

九月八日　晴　午後三時頃曇　暫《しばら》くしてまた晴
朝　粥《かゆ》三わん　佃煮《つくだに》　梅干　牛乳五勺ココア入　菓子パン数個
昼　粥三わん　松魚《かつお》のさしみ　ふじ豆　つくだに　梅干　梨《なし》一つ
間食　牛乳五勺ココア入　菓子パン数個

〔左図の彩色画の説明は、上から「黒きは紫蘇《しそ》」「乾いてもろし」「あん入《いり》」「柔《やわら》か也」、左端は「菓子パン数個とあるときは多く此《この》数種のパンを一つ宛《ずつ》くふ也」〕

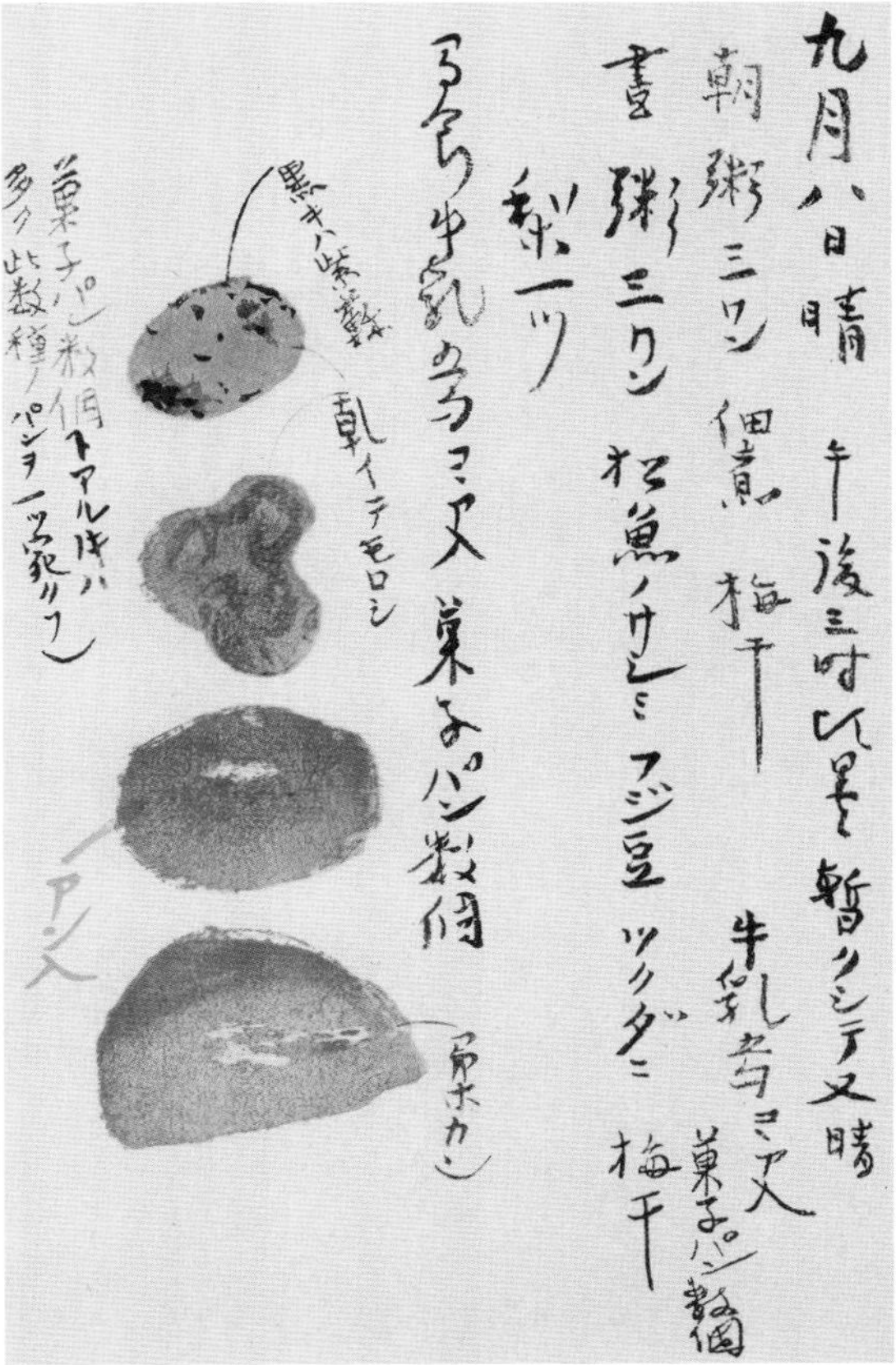

九月八日 晴 午後三時頃曇 暫クシテ又晴
朝 粥三ワン 佃煮 梅干 牛乳五勺ココア入 菓子パン数個
昼 粥三ワン 松魚ノサシミ フジ豆 ツクダニ 梅干
梨一ツ
夕 牛乳五勺ココア入 菓子パン数個
黒キハ焼焦
乾イテモロシ
アン入
(菓子パン数個トアル時ハ多ク此数種ノパンヲ一ツ宛取リ了)

朝庭の棚を見るに糸瓜《へちま》の花八、南瓜《かぼちゃ》の花二
○追込籠《おいこみかご》のカナリヤ鉄網にとりついて鉄網に附着したる白毛を啄《ついば》む　○白き蝶《ちょう》女郎花《おみなえし》の花を吸ふ　○蝶二つになる　○ぶいぶい糸瓜の花を吸ふ　○蛾《が》一つガラス戸を這《は》ふ
○揚羽《あげは》の蝶来る　倉皇《そうこう》として去る　○鳥一羽棚の上を飛び過ぐ　○山女郎《やまじょろう》(黒蝶)来る
○雲なし

紅緑《こうろく》来る　　午前十一時頃苦《くるし》み泣く

　夕顔や野《の》分《わき》恐るる実《尻》の太り

　病間《やまいかん》あり秋の小庭の記を作る

午後理髪師来る　一分刈廿五《にじゅうご》銭やる

理髪師の言によるに夕顔に似て円《まる》き者は干瓢《かんぴょう》なりと

　干瓢の肌へうつくし朝寒み

棚に白き花二つ咲く(夕皃《ゆうがお》か瓢《ふくべ》か干瓢か分らず)

夕飯　粥《かゆ》二椀《わん》　焼鰯《やきいわし》十八尾　鰯《いわし》の酢のもの　キヤベツ　梨《なし》一

　秋の蠅《はえ》追へばまた来る叩《たた》けば死ぬ

この夜一時頃まで安眠

この日便通三度

九月九日　晴

便通及繃帯《ほうたい》

朝　栗小豆《くりあずき》飯三碗《わん》(新暦重陽《ちょうよう》)　佃煮《つくだに》

間食　紅茶一杯半(牛乳来らず)　菓子パン三個

便通あり

午《ひる》　栗飯の粥《かゆ》四碗　まぐろのさしみ　葱《ねぎ》の味噌和《みそあえ》　白瓜《しろうり》の漬物　梨《なし》一つまた一つ

氷水一杯

夕　小豆粥三碗　鰌鍋《どじょうなべ》　昼のさしみの残り　和布《わかめ》　煮栗

朝両足を按摩《あんま》せしむ

長塚の使《つかい》栗を持ち来る　手紙にいふ　今年の栗は虫つきて出来わろし　俚諺《りげん》に栗わろければその年は豊作なりと　果して然《しか》り云々《うんぬん》　栗の袋の中より将棊《しょうぎ》の駒《こま》一つ出《い》づ

新暦重陽

栗飯や糸瓜《へちま》の花の黄なるあり
主《あるじ》病む糸瓜の宿や栗の飯
栗飯の四椀《わん》と書きし日記かな

糸瓜の花一つ落つ　○茶色の小き蝶低き雞頭《けいとう》にとまる　○曇る　○追込籠《おいこみかご》のジヤガタラ雀《すずめ》いつの間にか籠をぬけて糸瓜棚松の枝など飛びめぐるを見つける　○隣家の手《て》風琴《ふうきん》聞ゆ　○ジヤガタラ雀隣の庭の木に逃げる　家人籠《かご》の鉄網を修理す　○蟬《せみ》つくつくぼーしの声暑し　○日照る　○蜻蛉《とんぼ》一つ二つ　○揚羽《あげは》、山女郎《やまじょろう》あるいは去りあるいは来る　○梨をくふ

題画美人《がびじんにだいす》　肋骨《ろっこつ》所贈

うすものの秋に勝《た》へざる姿かな

美人の画と払子《ほっす》と並べ掛けたる

夕顔の垣根覗《のぞ》きそ美人禅

即事

九《く》月《がつ》蟬《ぜみ》椎《しい》伐《き》らばやと思ふかな
　栗出来ぬ年は五穀豊穣《饒》なりとかや
糸瓜には可も不可もなき残暑かな

○

人問《と》はばまだ生きて居る秋の風
牡《ぼ》丹《たん》にも死なず瓜《うり》にも糸瓜にも
病《びょう》牀《しょう》のうめきに和して秋の蟬
朝顔や九月の花に耻《はじ》多き

頭を扇《あお》がしむ　○氷水に葡萄酒《ぶどうしゅ》を入れて飲む

氷噛《か》んで毛穴に秋を覚えけり

寒暖計八十五度

　病人に八十五度の残暑かな

夕刻五城《ごじょう》玄関まで来る　土産《みやげ》林檎《りんご》六個と煙草《たばこ》の灰吹《はいふき》なり　灰吹は陶器にして布袋《ほてい》のあくびしたる処《ところ》布袋の口　即《すなわち》灰吹の口なり　これは出雲《いずも》の産なりと

点灯後寒暖計八十二度

上野の梟《ふくろう》少し鳴いてまた罷《や》む

秋の灯《ひ》の糸瓜の尻《しり》に映りけり

病牀所見

臥《ふ》して見る秋海棠《しゅうかいどう》の木末《こずえ》かな

秋海棠朝皃《あさがお》の花は飽き易き

秋海棠に向ける病の寐《ね》床《どこ》かな

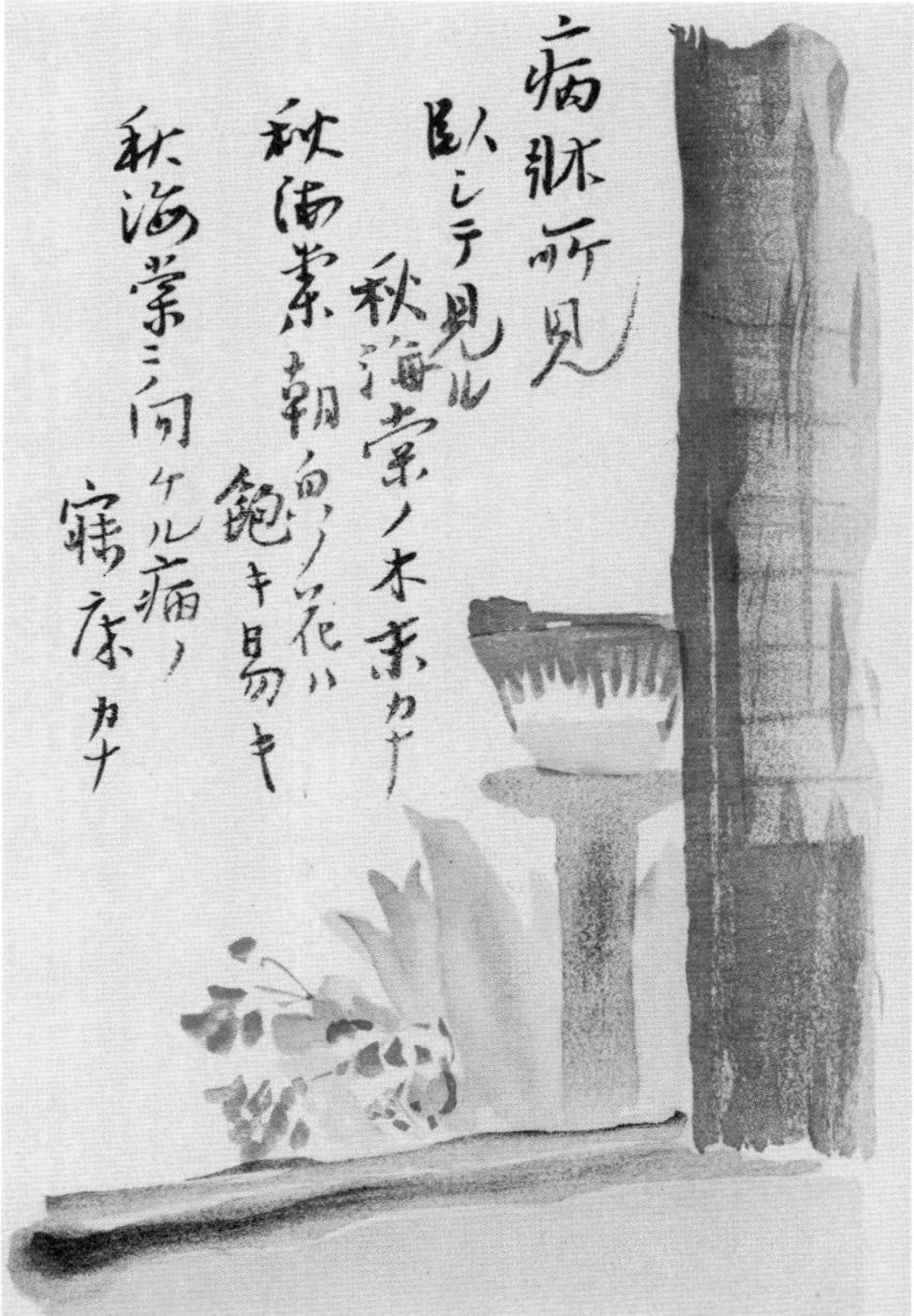
病牀所見
臥シテ見ル
秋海棠ノ木末カナ
秋海棠朝顔ノ花ハ
飽キ易キ
秋海棠ニ向ケル病ノ
寝床カナ

虫の声滋《しげ》し歌よみならば歌よまん

隣家に八石《はちこく》教会と云《い》ふあり

八石の拍子《ひょうし》木《ぎ》鳴るや虫の声

細臑《ほそずね》の影襖《ふすま》にあり

つくづくと我影見るや虫の声

○

こほろぎや物音絶えし台所

さまざまの虫鳴く夜となりにけり

夜更《ふ》けて米とぐ音やきりぎりす

痩《やせ》臑《ずね》に秋の蚊《か》とまる憎きかな

九月十日　薄曇　午《ひる》晴

便通間にあはず　繃帯《ほうたい》取換

朝飯　ぬく飯二椀《わん》　佃煮《つくだに》　紅茶一杯　菓子パン一つ

便通
午飯　粥《かゆ》いも入三碗　松魚《かつお》のさしみ　みそ汁葱茄子《ねぎなす》　つくだ煮　梨《なし》二つ　林檎《りんご》一つ
間食　焼栗八、九個　ゆで栗三、四個　煎餅《せんべい》四、五枚　菓子パン六、七個
夕飯　いも粥三碗　おこぜ豆腐の湯あげ　おこぜ鱠《なます》　キヤベツひたし物　梨二切
　林檎一つ

此《この》蛙の置物は前日安民《やすたみ》のくれたるものにて安民自ら鋳《い》たる也

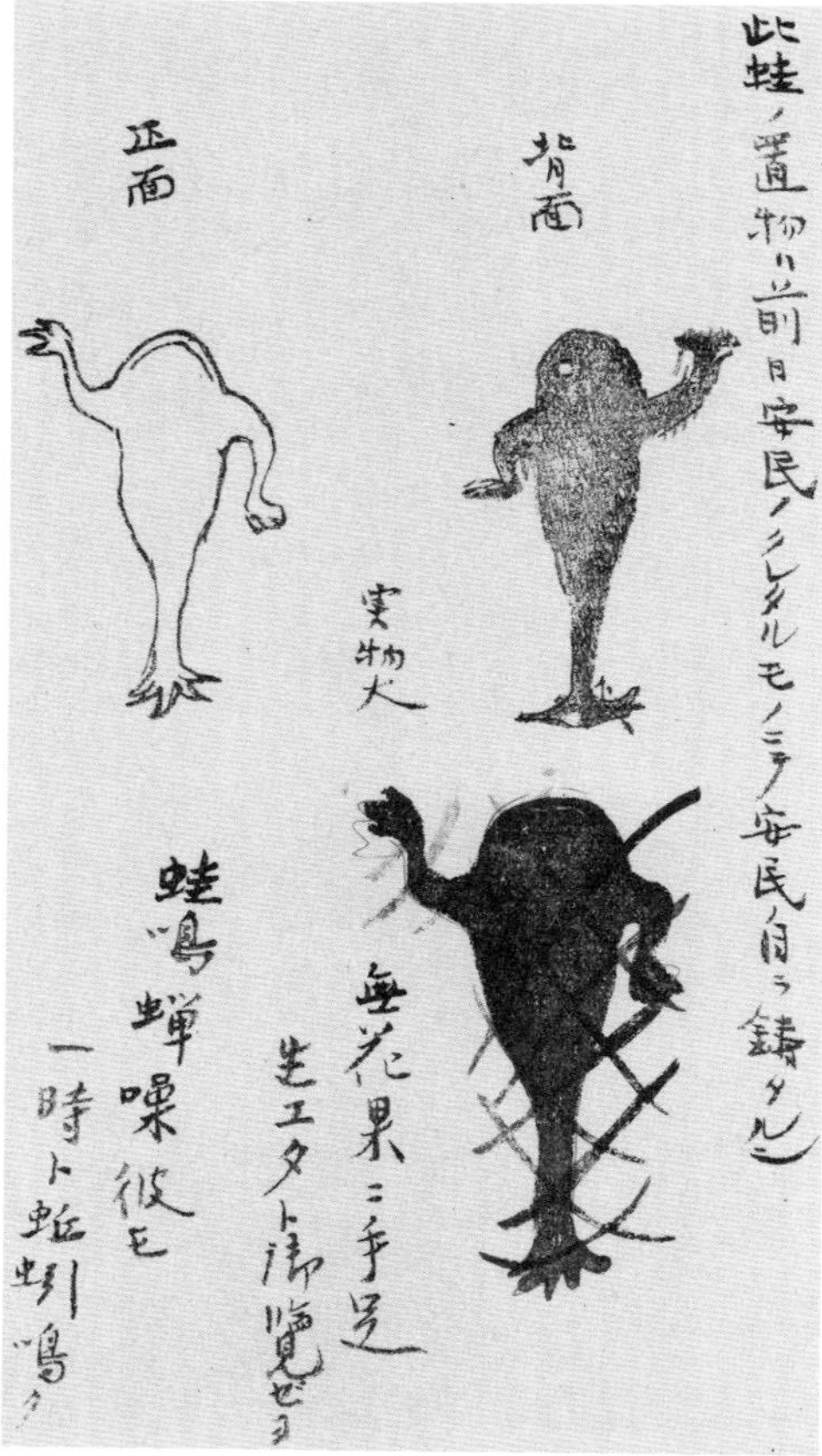

無花果《いちじく》に手足生えたと御覧《ごろう》ぜよ
蛙《あ》鳴《めい》蟬《せん》噪《そう》彼も一時と蚯蚓《みみず》鳴く

午時《ひるどき》　ジヤガタラ雀《すずめ》帰りて庭にあり
鳴雪翁《めいせつおう》来る　『ホトトギス』会計の上につき話あり　水飴一罎《みずあめひとびん》を贈らる
国分《こくぶ》みさ子女史来る　義仲寺《ぎちゅうじ》写真二枚発句《ほっく》刷物《すりもの》一枚を贈らる
家人追込籠《おいこみかご》を修理す　母は籠の中に妹は籠の外にあり針がねの取りやりするなり
新聞の号外来る　曰《いわ》く伊庭《いば》想太郎《そうたろう》無期徒刑に処せらる
青物を入れたる笊《ざる》の中に虫鳴くとてその笊を坐敷に置いて聞く　閻魔《えんま》こほろぎにやあらんなどいふ
夜半家人を起して便通あり
よく眠る
この日水の如《ごと》き唾《つばしきり》頻に出《い》づ

九月十一日　曇
便通及繃帯《ほうたい》取換
朝飯　いも雑炊《ぞうすい》三碗《わん》　佃煮《つくだに》　梅干

　牛乳一合ココア入　菓子パン
　便通
昼飯　粥《かゆ》三碗　鰹《かつお》のさしみ　蜊汁《あさりじる》
間食　煎餅《せんべい》十枚ほど　紅茶一杯
夕飯　粥三、四碗　きすの魚田《ぎょでん》二尾　ふき膾《なます》三椀　佃煮　梨《なし》一つ

午前日南《にちなん》氏来る　話頭、フランクリンの常識、アングロサクソンの特色、フランスは亡国的富、今の日本では真成のえらい奴はかへつてちちくれて世に出られぬこと等
午後　母神田《かんだ》へ
牧野の妻君国産を携へて玄関まで来る

　　つくつくぼーしつくつくぼーしばかりなり
　　つくつくぼーし明日なきやうに鳴きにけり
　　つくつくぼーし雨の日和《ひより》のきらひなし
　　家を遶《めぐ》りてつくつくぼーし樫林《かしばやし》
　　夕飯やつくつくぼーしやかましき

母帰る　河東高浜《かわひがしたかはま》二軒を訪《と》はれしに皆留守なりきと
例の理髪師雞頭《けいとう》の盆栽を携へ来る
ジヤガタラ雀《すずめ》今日も庭へ来る
点灯後小蟬《こぜみ》ほどの大きさの虫飛《と》び来《きた》りランプの側にある盆栽の雞頭を上下す　家人を呼んで何の虫ぞと聞けば「昨夜笊《ざる》の中にて鳴きたるはこれなりといふ
灯下にゆで栗七、八個くふ　母に皮をむいでもらふ

九月十二日　曇　時〻照る
便通及繃帯《ほうたい》取代
朝飯　ぬく飯三椀《わん》　佃煮《つくだに》　梅干
　牛乳五勺 紅茶入　ねじパン形菓子パン一つ(一つ一銭)
午飯《ひるめし》　いも粥《がゆ》三碗《わん》　松魚《かつお》のさしみ　芋　梨《なし》一つ　林檎《りんご》一つ　煎餅《せんべい》三枚
間食　枝豆　牛乳五勺 紅茶入　ねじパン形菓子一つ
便通あり

夕飯　飯一碗半　鰻《うなぎ》の蒲焼《かばやき》七串　酢牡蠣《すがき》　キヤベツ　梨一つ　林檎一切
藻州《そうしゅう》氏来る
午後沼津より麓《ふもと》の手紙来る
麓留守宅より鰻の蒲焼を贈り来る
高浜より使《つかい》、茶一かん、青林檎二、三十　金一円持来る　茶は故政夫氏のくやみかへし、林檎は野辺地《のへじ》山口某より贈り来る者、金円は臍斎《せいさい》より病気見舞
沼津麓《ふもと》より小包便にて桃のかん詰二個来る

　　病閑に糸瓜《へちま》の花の落つる昼

夜病室の庇《ひさし》に岐阜提灯《ぎふぢょうちん》（潮音《ちょうおん》所贈）を点《とも》す

　　消えんとしてともし火《び》青しきりぎりす

昨日床屋の持て来てくれた盆栽

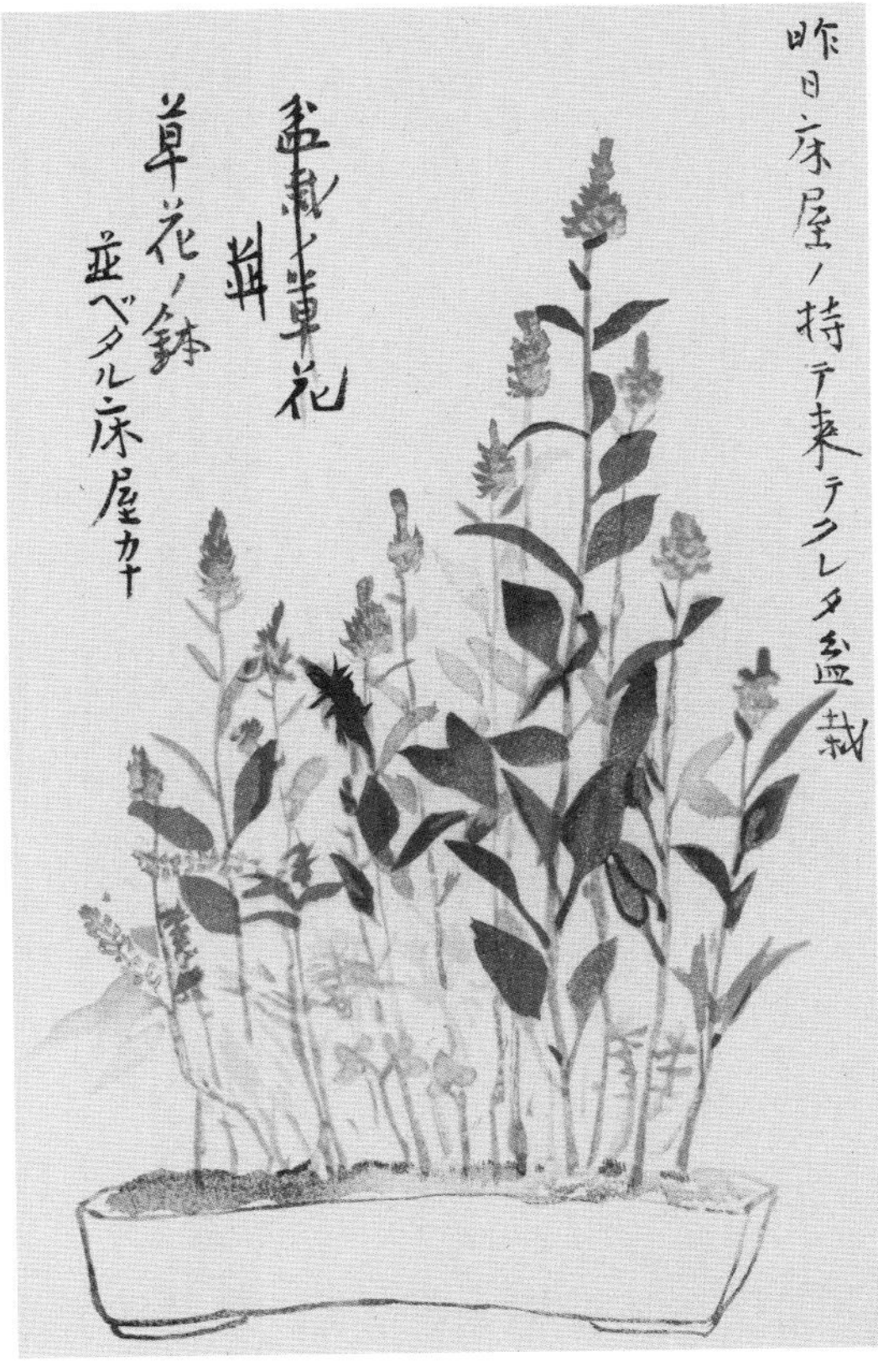
昨日床屋ノ持テ来テクレタ盆栽
盆栽ノ草花
草花ノ鉢並ベタル床屋カナ

草花の鉢並べたる床屋かな

九月十三日 曇

便通及繃帯《ほうたい》取換

朝飯 ぬく飯三碗《わん》 佃煮《つくだに》 梅干

　牛乳五勺紅茶入 菓子パン二つ

便通

午飯 粥《かゆ》三碗 堅魚《かつお》のさしみ みそ汁一椀《わん》 梨《なし》一つ 林檎《りんご》一つ 葡萄《ぶどう》一房

間食 桃のかんづめ三個 牛乳五勺紅茶入 菓子パン一つ 煎餅《せんべい》一枚

夕飯 稲荷鮓《いなりずし》四個 湯漬《ゆづけ》半碗 せいごと昆布の汁 昼のさしみの残り 焼せいご 肴《さかな》古くしてくはれず 佃煮 葡萄 林檎

朝《あさ》皃《がお》や絵の具ににじんで絵を成さず

朝顔や絵にかくうちに萎《しお》れけり 此句《このく》既にあるか

朝顔のしぼまぬ秋となりにけり

蕣《あさがお》の一輪ざしに萎れけり

朝貞ヤ絵ノ具ニジンデ繪ニ成サズ
朝顔ヤ絵ニカクウチニ萎レケリ
此句既ニアルカ
朝顔ノシボマヌ秋トナリニケリ
蕣ノ一輪サビシニ萎レケリ

ジヤガタラ雀《すずめ》再び追込籠《おいこみかご》に入る（小き籠に餌を入れて追込籠の側《そば》に置きしにジヤガタラ雀その籠の中に這入《はい》りて餌を食ひ居る処《ところ》を口を塞《ふさ》ぎ取りたるなり）

我庭の三本松《みもとまつ》伐りなば家主怒らん伐らずば緑はびこり　上《かみ》つ枝は日影さへぎり下《しも》つ枝は露しづく垂れ　うつくしき花もそだたすはしきやしうま木も枯れぬ　我庭の三もと松上つ枝も下つ枝も伐れ家主怒るとも

さ庭べにはびこる松の枝伐らば家主怒らんさもあらばあれ

下蔭《したかげ》の草花惜《お》しみ日を蔽《おお》ふ松が枝伐らん家主怒るとも

我庭の三もと松伐りあはれ深き千草《ちぐさ》の花に日の照るを見ん

夜《や》涼《りょう》如《みずのごとし》レ水　書　灯　に　迫　る　虫　の　声

夜　涼　如レ水　天《あま》の　川《かわ》　辺《べ》　の　星　一　つ

松虫や露に濡《ぬ》れたる絹《きぬ》団扇《うちわ》
むら雨《さめ》の過ぎて雞《けい》頭《とう》の夕日かな
毒蝶の秋《しゅう》海《かい》棠《どう》を犯すかな
にとまりけり
枝豆や病《やまい》の牀《とこ》の昼永し
枝豆や三寸飛んで口に入る
〔抹消　枝豆や盆に載せたる枝ながら〕
学校に行かず枝豆売る子かな
枝豆の月より先に老いにけり
枝豆のつまめばはぢく仕掛かな
明《めい》月《げつ》の豆《まめ》盗《ぬす》人《びと》を照しけり？
枝豆のから棄《す》てに出る月夜かな
芋を喰《く》はぬ枝《えだ》豆《まめ》好《ずき》の上《じょう》戸《ご》かな
芋あり豆あり女房に酒をねだりけり
明月や枝豆の林酒の池
枝豆や俳句の才子曹《そう》子《し》建《けん》

枝豆や月は糸瓜《へちま》の棚に在り

『週報』募集俳句を閲《けみ》す　題は枝豆
俚歌《りか》に擬す

枝豆　枝豆　よくはぢく枝豆　ぷいと飛んで　三万里　月の兎《うさぎ》の目にあてた　目つかち兎　よくはぢく枝豆　十三夜のお月様

○

秋風や糸瓜の花を吹き落す

九月十四日　曇

午前二時頃目さめ腹いたし　家人を呼び起して便通あり　腹痛いよいよ烈《はげ》しく苦痛堪へがたし　この間《かん》下痢水射《すいしゃ》三度ばかりあり　絶叫号泣

隣家の行山《ゆきやま》医を頼まんと行きしに旅行中の由《よし》　電話を借りて宮本医を呼ぶ

吐あり

夜明やや静まる　柳医来る　散薬と水薬とのむ

疲労烈し
氷片をかむ　あるいは葡萄酒《ぶどうしゅ》に入れて
牛乳　葛湯《くずゆ》　ソップ　飴湯《あめゆ》

九月十五日
昨夜疲れて善く眠る
牛乳　葛湯
昼飯　粥《かゆ》三碗《わん》　泥鰌鍋《どじょうなべ》　牛乳　菓子パン　水飴
午後二度便通あり
夕飯　粥二碗　佃煮《つくだに》　味淋漬《みりんづけ》　飴湯
大阪青〻《せいせい》より奈良漬を送り来る
加藤義叔母飯田町まで来たるついでなりとて来らる　土産《みやげ》味淋漬と薩摩流《さつまりゅう》あげ蒲鉾《かまぼこ》
夕暮前やや苦し　喰過《くいすぎ》のためか

九月十六日　晴　ひやひやする

『週報』俳句検閲の際一息に急いで見をはるため目痛くなり昨日などは新聞を読めば目痛み明けられず　因《よっ》て今朝は新聞を見ず少しばかり律《りつ》に読ます　石巻《いしのまき》の野老《やろう》といふ人より小包にて梨《なし》十ばかりよこす　長十郎《ちょうじゅうろう》といふ梨とぞ　一つくふに美味あり

朝　牛乳　菓子パン二つ　梨一つ
昼　粥《かゆ》三碗《わん》　泥鰌鍋《どじょうなべ》　薩摩《さつま》あげ　味淋粕漬《みりんかすづけ》
　　梨一つ　葡萄《ぶどう》一房
夕　粥三碗　鰻《うなぎ》　薩摩あげ　味淋粕漬
　　牛乳ココア入　菓子パン小二個　葡萄　梨一つ
午後四時頃次の間《ま》にて便通

○朝竹冷《ちくれい》氏の使《つかい》として望東《ぼうとう》及び某来る　『五元集』を返し烏竜茶《ウーロンちゃ》を贈らる

先日久松老公七十の賀筵《がえん》二万円を費《ついや》されしと聞きしが今度韓帝五十の賀筵は二百万元を要する由《よし》　考へて見るほど妙な心持になる

今年の夏馬鹿に熱くてたまらず　新聞などにて人の旅行記を見るときわれもちよいと旅行して見ようと思ふ気になる　それも場合によるが谷川の岩に激するやうな涼しい処《ところ》の岸に小亭があつてそこで浴衣《ゆかた》一枚になつて一杯やりたいと思ふた

『二六《にろく》』にある楽天《らくてん》の紀行を見ると毎日西瓜《すいか》を食ふて居る　羨《うらや》ましいの何のてて

大坂では鰻《うなぎ》の丼《どんぶり》を「まむし」といふ由　聞くもいやな名なり　僕が大坂市長になつたら先《ま》づ一番に布令を出して「まむし」といふ言葉を禁じてしまう

米国大統領マツキンレーは狙撃《そげき》された結果終《つい》に死んだとの報が来た　無政府党といふ事につきては非常の疑《うたがい》がある

鼠骨《そこつ》来る　共に午餐《ごさん》をくふ

鼠骨去る　左千夫《さちお》義郎《ぎろう》蕨真《けっしん》来る　晩餐（鰻飯）を共にす

夕飯前宮本国手《こくしゅ》来診

九月十七日　晴　ひやひやする
朝　粥《かゆ》三碗《わん》　佃煮《つくだに》　奈良漬　梅干
繃帯《ほうたい》取換及便通
牛乳七勺位ココア入　あんパン一つ　菓子パン大一つ
昼　粥三碗　鰹《かつお》のさしみ　零余子《ぬかご》　奈良漬　梨《なし》一つ　飴湯《あめゆ》　ゆで栗
夕　ライスカレー三碗　ぬかご　佃煮　なら漬
体温三十七度三分

繃帯取代後律《りつ》四谷《よつや》加藤へ行く　加藤転居後始めて行くなり　お土産《みやげ》は例の笹《ささ》の雪《ゆき》
　野老《やろう》氏に酬《むく》ゆ
石の巻の長十《ちょうじゅう》郎《ろう》が見舞かな
吾を見舞ふ長十郎が誠かな
　家人の秋海棠《しゅうかいどう》を剪《き》らんといふを制して

秋海棠に鋏《はさみ》をあてること勿《なか》れ

大坂青〻《せいせい》に酬ゆ

奈良漬の秋を忘れぬ誠かな

欲睡《ねむらんとほっす》

秋の蠅《はえ》叩《たた》き殺せと命じけり

二、三日前ちぎりし夕顔?(実物大)

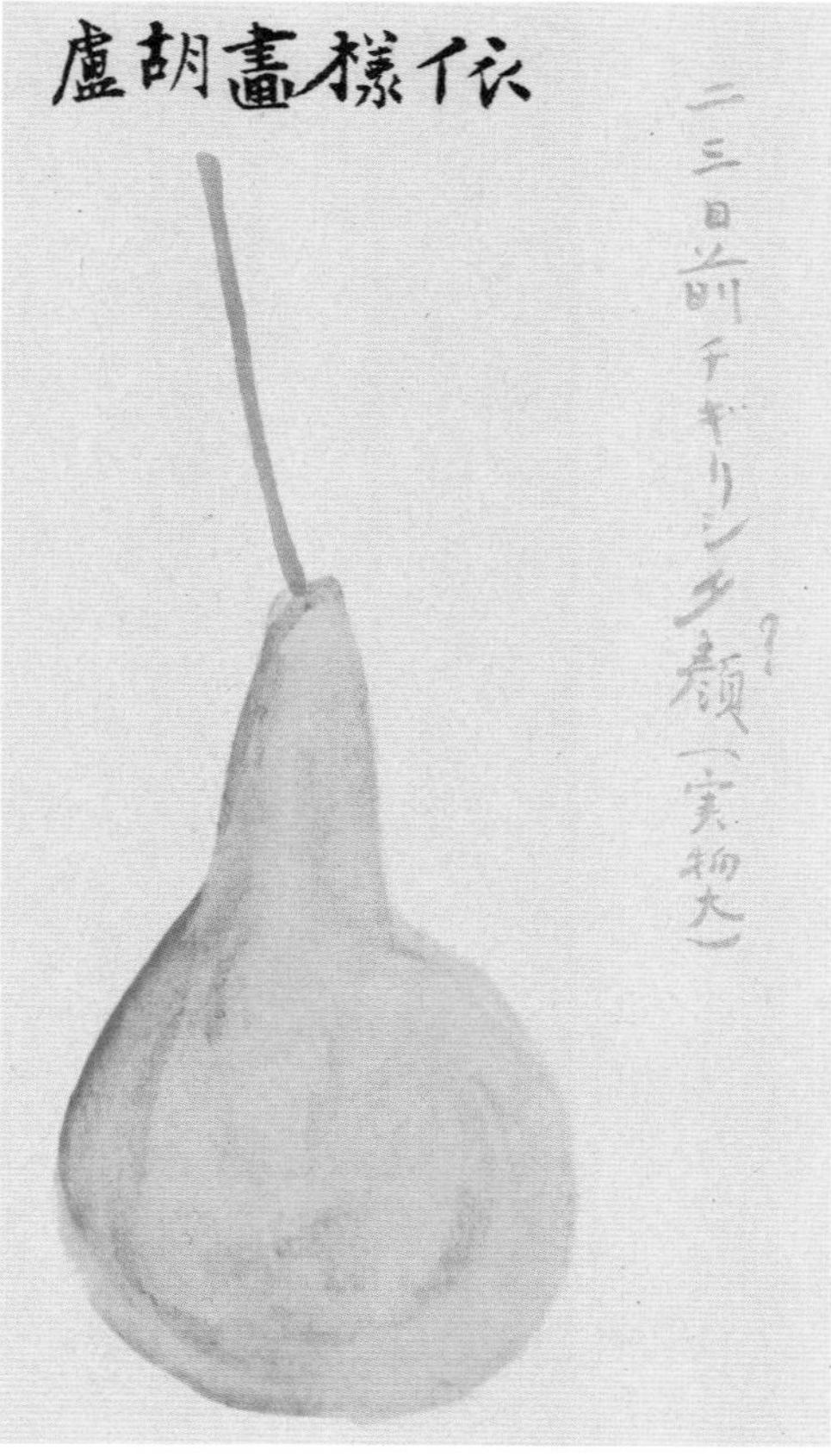

依様画胡盧《ようによってころをかく》

節《たかし》より送りこし栗は実の入らで悪《あし》き栗なり

真心の虫喰ひ栗をもらひけり

即事

いもうとの帰り遅さよ五日月《いつかづき》

母と二人いもうとを待つ夜《よ》寒《さむ》かな

○

夕顔の実の太けくに墨黒《すみぐろ》に目鼻をかかば人とならんかも

律《りつ》帰る　お土産《みやげ》はパインアツプルの鑵詰《かんづめ》と索麺《そうめん》

九月十八日　晴　寒し　朝寒暖計六十七度

朝　体温三十五度四分

粥《かゆ》三椀《わん》　佃煮《つくだに》　なら漬

便通及繃帯《ほうたい》取換

昼　飯二碗《わん》　粥二碗　かじきのさしみ　南瓜《かぼちゃ》　ならづけ　梨《なし》一つ

便通

牛乳ココア入　ねじパン形菓子パン半分ほど食ふ　堅くてうまからず　因《よっ》てやけ糞《くそ》になつて羊羹《ようかん》菓子パン塩煎餅《しおせんべい》などくひ渋茶を呑《の》む　あと苦し

夕　粥一椀余　煮松魚《にがつお》少しくふ　佃煮　ならづけ　梅干　煮茄子《になす》　葡萄《ぶどう》

夜便通

今朝寒に堪へず（昨夜は左足のさき終《つい》にあたたまらず）湯婆《たんぽ》を入る

種竹山人《しゅちくさんじん》来話、少し話したる故か苦しくなる　山人は根津方角に転居せりと　美術学校改革につき職を辞したる話あり

独知居士《どくちこじ》来る　繃帯取換中にて帰る

庭に出来たただ一つの南瓜《かぼちゃ》を取らしむ

午後虚子《きょし》来る　晩飯をくふて帰る　虚子は九段坂上に転居せり　家新《あたら》し　家賃十六円なりと

晩飯後腹はりて苦し　四、五日前の薬を出して呑む

伊豆修禅寺《いずしゅぜんじ》の岡麓《おかふもと》よりさらし飴《あめ》をよこす
母佃煮買ひに行かる
シャツ着換、蒲団《ふとん》取換、寒さの用意なり
坂本町祭の太鼓聞ゆ
玻璃窓《はりまど》外星二、三点
犬頻《しき》りに吠《ほ》ゆ
隣の時計九時を打つ

九月十九日　晴

便通

朝飯　粥《かゆ》三碗《わん》　佃煮《つくだに》　奈良漬

午飯《ひるめし》　冷飯《ひやめし》三碗　堅魚《かつお》のさしみ　味噌汁《みそしる》さつまいも　佃煮　奈良漬　梨《なし》一つ　葡萄《ぶどう》一

房

間食　牛乳五勺ココア入　菓子パン　塩煎餅《しおせんべい》　飴《あめ》一つ　渋茶

便通及繃帯《ほうたい》取替

晩飯　粥三碗　泥鰌鍋《どじょうなべ》　キヤベツ　ポテトー　奈良漬　梅干　梨一つ

つくつくぼうしなほ啼《な》く　○追込《おいこみ》の小鳥啼《な》く　○向《むかい》の子供啼く　○どこやらの汽笛鳴る（午時《ひるどき》の景）

自分が旅行したのは書生時代であつたので旅行といへば独り淋《さび》しく歩行《ある》いて宿屋で独り淋しく寐《ね》るものぢやと思ふて居る。それだから到《いた》る処《ところ》で歓迎せられて御馳走《ごちそう》になるなどといふ旅行記を見ると羨《うらや》ましいの妬《ねた》ましいのてて

奥羽《おうう》行脚《あんぎゃ》のとき鳥海山《ちょうかいざん》の横の方の何とかいふ処であつたが海岸の松原にある一軒家にとまつたことがある　一日熱い路《みち》を歩行《ある》いて来たのでからだはくたびれきつて居るこの松原へ来たときには鳥海山の頂《いただき》に僅《わずか》に夕日が残つて居る時分だからとても次の駅まで行く勇気はない　止むを得ずこの怪しい一軒家に飛び込んだ　勿論《もちろん》一軒家といふても旅人宿の看板は掛けてあつたのできたない家ながら二階建になつて居る、しかしここに一軒家があつてそれが旅人宿を営業として居るといふに至つてはどうしても不思議といはざるを得ない　安達《あだち》ヶ原《はら》の鬼のすみかか武蔵野《むさしの》の石の枕でない処が博奕宿《ばくちやど》

と淫売宿《いんばいやど》と兼ねた処位ではあらうと想像せられた　自分がここへ泊るについて懸念に堪へなかつたのはそんなことではない　食物のことであつた　連日の旅にからだは弱つてゐるし今日は殊に路端《みちばた》へ倒れるほどに疲れて居るのであるから夕飯だけは少しうまい者が食ひたいといふ注文があるのでその注文はとてもこの宿屋でかなへられぬといふことであつた　けれどももう一歩も行けぬからそんなことはあきらめるとして泊ることにした　固《もと》より門も垣も何もない　家の横に廻《まわ》つてとめてくださいといふたが客らしい者は居ないやうだから自分もきつとことわられるであらうと思ふた、ところが意外にもあがれといふことであつた　草鞋《わらじ》を解いて街道に臨んだ方の二階の一室を占めた　鳥海山は窓に当つてゐる　そこで足投げ出して今日の草臥《くたびれ》をいたはりながらつくづくこの家の形勢を見るに別に怪《あやし》むべきこともない　十三、四の少女と三十位の女と二人居るが極めてきたない風《ふう》つきでお白粉《しろい》などはちつともない　さうして客は自分一人である、などと考へて居ると膳《ぜん》が来た　驚いた　酢牡蠣《すがき》がある　椀《わん》の蓋《ふた》を取るとこれも牡蠣だ　うまいうまい　非常にうまい　新しい牡蠣だ　実に思ひがけない一軒家の御馳走であつた　歓迎せられない旅にも這種《このしゅ》の興味はある
長塚より鴫《しぎ》三羽小包にて送る由《よし》の報来るその末に

昨今《さっこん》秋もやうやうけしき立申《だちもうし》候　百舌《もず》も鳴き出し候　椋《むく》とりもわたり申候　蕎麦《そば》の花もそろそろ咲出し候　田の出来は中分《もうしぶん》なく秋蚕《あきご》も珍しき当りに候

とあり田舎の趣《おもむき》見るが如《ごと》し　ちよつと往て見たい

母は稲の一穂を枕元の畳のへりにさした

黙然《もくねん》と糸瓜《へちま》のさがる庭の秋

夕顔の愚に及ばざるふくべかな

日《ひ》掩《おい》棚《だな》糸瓜の蔓《つる》の這《は》ひ足らず

美人の団扇《うちわ》持ちたる図

絹団扇それさへ秋となりにけり

夕飯後鴫《しぎ》の小包到着　三羽一くくりにしてあり

淋《さび》しさの三羽減りけり鴫の秋

家賃くらべ

虚子《きょし》（九段上）十六円　飄亭《ひょうてい》（番町）九円　碧梧桐《へきごとう》（猿楽《さるがく》町）七円五十銭　四方太《しほうだ》（浅嘉《あさか》町）五円十五銭　鼠骨《そこつ》豹軒《ひょうけん》同居（上野涼泉院）二円五十銭

吾廬《わがろ》（上根岸《かみねぎし》鶯横町《うぐいすよこちょう》）六円五十銭　ホトトギス事務所　四円五十銭　把栗《はりつ》（大久

保）四円　秀真《ほつま》（本所緑町）四円（畳建具なし）

自分は一つの梅干を二度にも三度にも食ふ　それでもまだ捨てるのが惜《おし》い　梅干の核《たね》は幾度吸はぶつてもなほ酸味を帯びて居る　それをはきだめに捨ててしまうといふのが如何《いか》にも惜くてたまらぬ

貴人の膳《ぜん》などには必ず無数の残物《のこりもの》があつてあたら掃溜《はきだめ》に捨てらるるに違ひない　肴《さかな》の骨には肉が沢山《たくさん》ついて居るであらう　味噌《みそ》汁《しる》とか吸物とかいふものも皆までは吸ひ尽してないであらう　かういふ者こそ真に天物《てんぶつ》を暴《ぼう》何とかする者といふべしだ　これを彼《かの》孤児院とか養育院とかに寄附して喰はすやうにしたら善いだらう　自分の内でも牛乳を捨てることが度々《たびたび》あるのでいつでもこれを乳のない孤児に呑《の》ませたらと思ふけれど仕方がない　何かかういふ処《ところ》へ連絡をつけて過を以《もっ》て不足を補ふやうにしたいものだ

兵営や学校の残飯は貧民の生命であるといふから家々の残飯も集めて廻るわけに行かないだらうか。　さう思ふと犬や猫を飼ふて牛肉や鰹節《かつおぶし》をやるなどは出来たことでない　小鳥に粟《あわ》をやるさへ無益な感じがする

宮内省の観桜《かんおう》の御宴《ぎょえん》などが雨のためやみになつたといふやうな場合には用意してあ

つた御馳走は養育院孤児院のやうな処へ下さるといふことである
松山で何がしが孤児院のやうなものを開いたら若い女学生が饅頭《まんじゆう》一袋持つて来て名を言はずに帰つたさうな

九月二十日　曇　時々雨
朝　ぬく飯三碗《わん》　佃煮《つくだに》　なら漬
午《ひる》　粥《かゆ》三わん　焼鴫《やきしぎ》三羽　キヤベージ　なら漬　梨《なし》一つ　葡萄《ぶどう》
間食　牛乳一合ココア入　菓子パン大小数個　塩煎餅《しおせんべい》
便通及繃帯《ほうたい》取換
晩　与平鮓《よへいずし》二つ三つ　粥二碗　まぐろのさしみ　煮茄子《になす》　なら漬　葡萄一房
夜　林檎《りんご》二切　飴湯《あめゆ》
十時半寝《しん》に就く

昨夜上野の梟《ふくろう》鳴く

『週報』募集俳句(題商)を閲《けみ》す

『俳星』を見る　露月《ろげつ》の日記あり　その近状を知るに足る　我日記も露月に見せたし

同雑誌牛伴《ぎゅうはん》選天《てん》の句に

草に火を落して行くや虫送《むしおくり》　某

といふあり　趣なしといふに非《あら》ず月並調に近きを嫌ふ

格堂《かくどう》選天の句に

草に据ゑる五右衛門風呂《ごえもんぶろ》や雁《かり》の声　某

といふあり　面白き句なり　しかし格堂いまだ俳句の品格といふことを知らずと見えたり　但《ただし》彼の作る所

芋の葉に昨夜の雁の涙かな　格堂

松露《しょうろ》掘つて山谷《さんこく》の廬《ろ》を叩《たた》きけり　同

遥《はるか》に俗流の上に出《い》づ　侮るべからず

露月選地《ち》の句に

草花を見つめて鹿の憂寐《うきね》かな　某

といふあり　これ位初心な句を露月は得《え》見わけざるにや　露月もと鈍根、長く工夫して漸《ようや》く一条の活路を得たる者しかもここに多少上慢の心起りて復《また》一段の進歩を見ず平凡の趣《おもむき》微細の趣はいまだ全く解せざるが如《ごと》し　なほ三折《せつ》を要す

夕刻左千夫《さちお》本所《ほんじょ》の与平鮓一折を携へて来る

上野の森の梟しばし鳴いてすぐやむ

虚子《きょし》より『ホトトギス』先月分のとして十円送り来る

律《りつ》は理窟《りくつ》づめの女なり　同感同情のなき木石《ぼくせき》の如《ごと》き女なり　義務的に病人を介抱することはすれども同情的に病人を慰むることなし　病人の命ずることは何にてもすれども婉曲《えんきょく》に諷《ふう》したることなどは少しも分らず　例へば「団子が食ひたいな」と病人は連呼すれども彼はそれを聞きながら何とも感ぜぬなり　病人が食ひたいといへばもし同情のある者ならば直《ただち》に買ふて来て食はしむべし　律に限つてそんなことはかつてなし　故にもし食ひたいと思ふときは「団子買ふて来い」と直接に命令せざるべからず直接に命令すれば彼は決してこの命令に違背することなかるべし　その理窟つぽいこと言語同断〔ママ〕なり　彼の同情なきは誰に対しても同じことなれどもただカナリヤに対してのみは真の同情あるが如し　彼はカナリヤの籠《かご》の前にならば一時間にても二時間にて

てもただ何もせずに眺めて居るなり　しかし病人の側《そば》には少しにても永く留《とど》まるを厭《いと》ふなり　時々同情といふことを説いて聞かすれども同情のない者に同情の分るはずもなければ何の役にも立たず　不愉快なれどもあきらめるより外《ほか》に致方《いたしかた》もなきことなり

病人の息たえ〳〵に秋の蚊帳《かや》
病室に蚊帳の寒さや蚊の名残
秋の蚊の源左衛門《伊庭想太郎カ》と名《な》乗《のり》けり
秋の蚊のよろ〳〵と来て人を刺す
残る蚊や飄〻《ひょうひょう》として飛んで来る

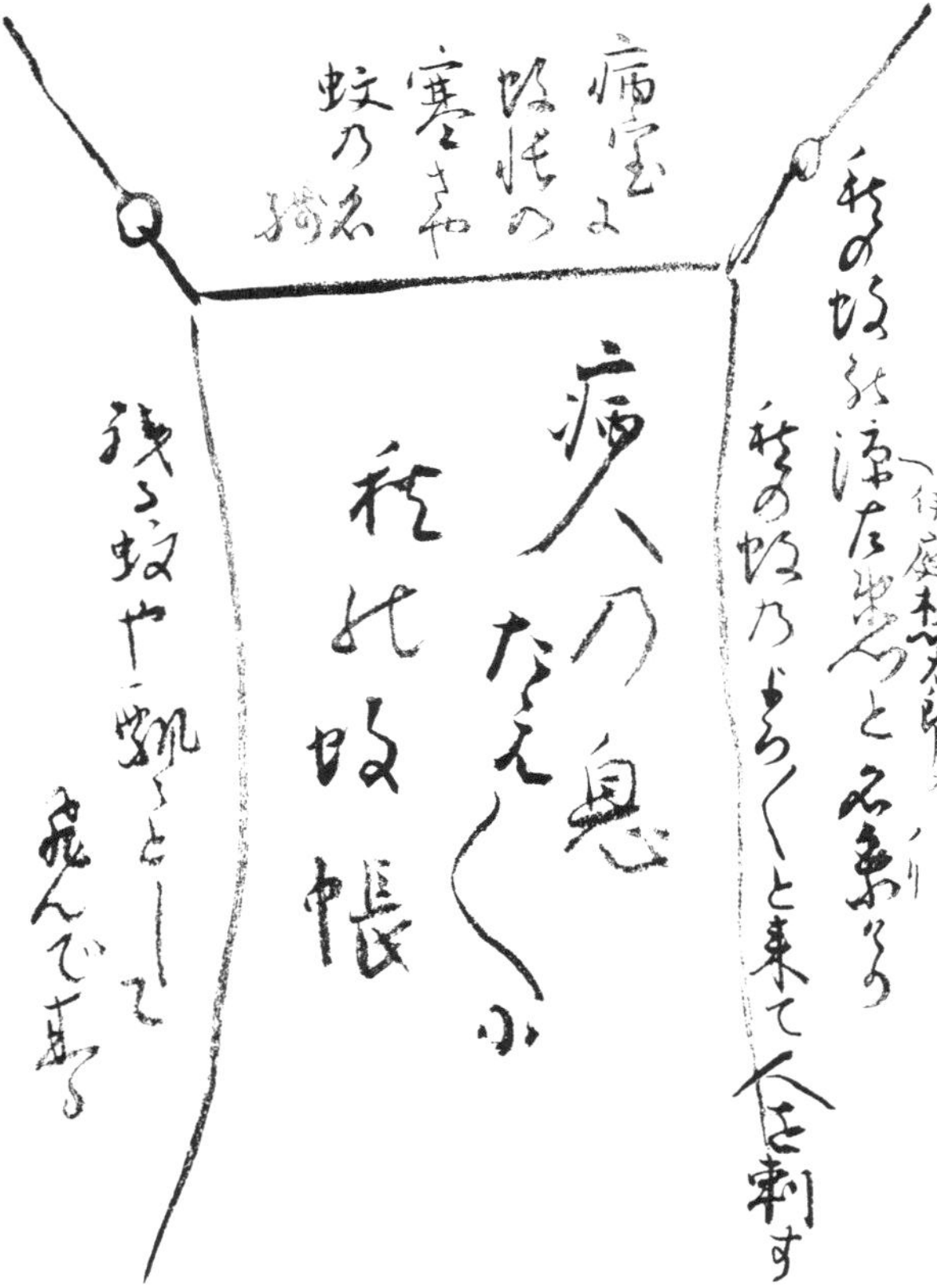
秋の蚊は源左衛門と名乗りけり
伊庭想太郎カ
秋の蚊のよろよろと来て人を刺す
病人の息たえだえに秋の蚊帳
病室よ蚊帳の寒さや蚊の名残
残る蚊や颯々として飛んで来る

九月二十一日　彼岸の入《いり》　昨夜より朝にかけて大雨　夕晴
便通、繃帯《ほうたい》とりかへ
朝　ぬく飯三わん　佃煮《つくだに》　梅干
牛乳一合ココア入　菓子パン　塩せんべい
午《ひる》　まぐろのさしみ　粥《かゆ》二わん　なら漬　胡桃《くるみ》煮付　大根もみ　梨《なし》一つ
便通
間食　餅菓子《もちがし》一、二個　菓子パン　塩せんべい　渋茶　食過《くいすぎ》のためか苦し
晩　きすの魚田《ぎょでん》二尾　ふきなます二椀《わん》　なら漬　さしみの残り　粥三碗《わん》　梨一つ
葡萄《ぶどう》一房

律《りつ》は強情なり　人間に向つて冷淡なり　特に男に向つてshyなり　彼は到底配偶者として世に立つ能《あた》はざるなり　しかもその事が原因となりて彼は終《つい》に兄の看病人となりをはれり　もし余が病後彼なかりせば余は今頃如何《いか》にしてあるべきか　看護婦を

長く雇ふが如《ごと》きは我能《わがよ》く為《な》す所に非《あら》ず　よし雇ひ得たりとも律に勝る所の看護婦即《すなわ》ち律が為すだけの事を為し得る看護婦あるべきに非ず　律は看護婦であると同時にお三《さん》どんなり　お三どんであると同時に一家の整理役なり　一家の整理役であると同時に余の秘書なり　書籍の出納《すいとう》原稿の浄書も不完全ながら為し居るなり　しかして彼は看護婦が請求するだけの看護料の十分の一だも費《つい》やさざるなり　野菜にても香《こう》の物にても何にても一品あらば彼の食事はをはるなり　肉や肴《さかな》を買ふて自己の食料となさんなどとは夢にも思はざるが如し　もし一日にても彼なくば一家の車はその運転をとめると同時に余は殆《ほと》んど生きて居られざるなり　故に余は自分の病気が如何やうに募るとも厭《いと》はずただ彼に病《やまい》なきことを祈れり　彼あり余の病は如何《いかん》ともすべし　もし彼病まんか彼も余も一家もにつちもさつちも行かぬこととなるなり　故に余は常に彼に病あらんよりは余に死あらんことを望めり　彼が再び嫁して再び戻りその配偶者として世に立つこと能はざるを証明せしは暗《あん》に兄の看病人となるべき運命を持ちしためにやあらん　禍福錯綜《さくそう》人智の予知すべきにあらず

○

秋の蠅《はえ》蠅たたき皆破れたり

病室や窓あたたかに秋の蠅

草木《そうもく》国土悉皆《しっかい》成仏

糸瓜《へちま》さへ仏になるぞ後《おく》るるな

成仏や夕顔の顔へちまの屁《へ》

彼は癇癪持《かんしゃくもち》なり　強情なり　気が利かぬなり　人に物問ふことが嫌ひなり　指さきの仕事は極めて不器用なり　一度きまつた事を改良することが出来ぬなり　彼の欠点は枚挙に遑《いとま》あらず　余は時として彼を殺さんと思ふほどに腹立つことあり　されどその実彼が精神的不具者であるだけ一層彼を可愛《かわい》く思ふ情に堪へず　他日もし彼が独りで世に立たねばならぬときに彼の欠点が如何に彼を苦《くるし》むるかを思ふために余はなるべく彼の癇癪性を改めさせんと常に心がけつつあり　彼は余を失ひしときに果して余の訓戒を思ひ出すや否《いな》や

病勢はげしく苦痛つのるに従ひ我《わが》思ふ通りにならぬために絶えず癇癪を起し人を叱《しっ》す　家人恐れて近づかず　一人として看病の真意を解する者なし

○

陸奥《むつ》福堂《ふくどう》高橋自恃の如きも病勢つのりて後はしばしば妻君を叱《しか》りつけたりと

三人集つて菓子くふ
肴屋《さかなや》より約束のきすを持つて来ぬとて母肴屋に行かる
九日の月糸瓜棚にあり
向《むか》つ家《や》に謡《うたい》の声す
今日は車屋水汲《く》みに来ず
律《りつ》綿買ひに行く
晩餐《ばんさん》後は直《ただち》に眠気を催すを常とす　されど余り早く寐《ね》ては夜半以後に寐られぬ憂《うれい》あり　故になるべく長く起きて居るなり　それでも八時過には寐ること多し　消化のためにも少しは長起《ながおき》がよきなり

九月廿二日《にじゅうに》　晴
　便通及ほうたい取換
　朝　ぬく飯四わん　佃煮《つくだに》　なら漬　葡萄《ぶどう》三房
　午《ひる》　まぐろのさしみ　粥《かゆ》一碗《わん》　みそ汁　なら漬　梨《なし》一つ

便通

間食　牛乳一合ココア入　菓子パン

背中ぞくぞくする　体温　卅七《さんじゅうなな》度七分　毛布著《き》る　汗少し出る

夕　粥三わん　鰌鍋《どじょうなべ》　焼茄子《やきなす》　さしみの残り　なら漬

飄亭《ひょうてい》来る　雑誌ではだめだ新聞起さねばいかぬといふ

原千代子来る　川崎に頼まれたりとて葡萄一籃《ひとかご》を持て来る　これから今戸へ往くなりとて自らこねた木兎《みみずく》の香盒《こうごう》（まだ焼かぬ）を見せる　それから蒔絵《まきえ》の話を聞く

角力《すもう》

幕の内になつて故郷に帰りけり
阿波人《あわびと》は阿波の相撲《すもう》をひいきかな
大関にならで老いぬる角力かな
大関と大関と組む角力かな
幾秋を負けて老いぬる角力かな
角力取に角力取の子もなかりけり
まはし著《つ》けて子供角力の並びけり

朝左の足冷えて温まらず　温めかたが按摩《あんま》せしむ
夕飯頃義郎《ぎろう》秋水《しゅうすい》大団扇《おおうちわ》を携へて来る　直径三尺ばかり　秋水の画あり（我々歌仲間の盆踊りする様）
日いまだ全く暮れぬに梟《ふくろう》御院殿の方に当りて鳴く
『千松島《ちまつしま》』にて左の句を見る

霧 な か ら 大 き な 町 に 出 に け り　移《い》竹《ちく》

余多年この感ありて句にならず　今この句を見て更に移竹の技倆《ぎりょう》に驚く　因《ちなみ》に云《いう》この頃所々《しょしょ》に移竹を論ずる者出《い》づ　皆自己の創見の如《ごと》くいふ　されど移竹を論じたるは余が太祇《たいぎ》論の中に書きたるが恐らくは嚆矢《こうし》ならん

九月廿三日　晴　寒暖計八十二度（午后《ごご》三時）
未明に家人を起して便通あり
朝　ぬく飯三わん　佃煮《つくだに》　なら漬　胡桃飴煮《くるみあめに》
便通及繃帯《ほうたい》とりかへ　腹なほ張る心持あり

牛乳五合ココア入　小菓数個
午《ひる》　堅魚《かつお》のさしみ　みそ汁実は玉葱《たまねぎ》と芋　粥《かゆ》三わん　なら漬　佃煮　梨《なし》一つ　葡萄《ぶどう》四
房
間食　牛乳五合ココア入　ココア湯　菓子パン小十数個　塩せんべい一、二枚
夕　焼鰮《やきいわし》四尾　粥三わん　ふじ豆　佃煮　なら漬　飴二切

巴理《パリ》浅井氏より上の如《ごと》き手紙来る

○

五月雨《さみだれ》をあつめて早し最上川《もがみがわ》　芭《ば》蕉《しょう》

この句俳句を知らぬ内より大きな盛んな句のやうに思ふたので今日まで古今有数の句とばかり信じて居た　今日ふとこの句を思ひ出してつくづくと考へて見ると「あつめて」といふ語はたくみがあつて甚だ面白くない　それから見ると

五月雨や大河を前に家二軒　蕪《ぶ》村《そん》

といふ句は遥《はる》かに進歩して居る

ほととぎす着

昨日虚子《きよし》君の消息を読み泣きました　この画はグレーといふ田舎の景色なり　御病床の御慰みまで差上《さしあげ》候　木魚生

只今《ただいま》は帰りがけに巴里《パリ》によりて遊居《あそびおり》候　その内に帰朝致久振《ひさしぶり》にて御伺《おうかがい》申すべく存《ぞんじ》候　御左右その後いかが被為入《いらせられ》候哉

三十四年八月十八　呉秀三《くれしゅうぞう》

本日呉君等と木魚老の寓をたたき談笑時を移し貴下の御噂《おうわさ》なんどいたし候　未《いま》だ拝眉《はいび》の栄を得ず候へども折角《せっかく》御加養御快癒《ごかいゆ》のほど乍蔭奉祈上候《かげながらいのりあげたてまつり》　和田英作

私も未だ御目《おめ》もじしない者ですが同席しましたから御見舞申上《もうしあげ》る栄を得たのです　満谷国四郎《みつたにくにしろう》

九月廿四日　秋分　晴

便通及繃帯《ほうたい》取かへ

朝飯　ぬく飯三わん　佃煮《つくだに》　なら漬　牛乳ココア入　餅菓子《もちがし》一つ　塩せんべい二枚

午飯《ひるめし》　粥《かゆ》三わん　かじきのさしみ　芋　なら漬

梨《なし》一つ　お萩《はぎ》一、二ケ

間食　餅菓子一つ　牛乳五勺ココア入　牡丹餅《ぼたもち》一つ　菓子パン　塩せんべい　渋茶一杯

夕　体温卅七度七分　寒暖計七十七度　生鮭照焼《なまざけてりやき》　粥三わん　ふじ豆　なら漬　葡萄《ぶどう》一ふさ

夜　便通やや堅し

朝歌原大叔母《うたはらおおおばご》御来らる　お土産《みやげ》餅菓子

陸《くが》より自製の牡丹餅をもらふ　此方よりは菓子屋に誂《あつら》へし牡丹餅をやる　菓子屋に誂へるは宜《よろ》しからぬことなり　されど衛生的にいはば病人の内で拵《こしら》へたるより誂へる方宜しきか　何にせよ牡丹餅をやりて牡丹餅をもらふ　彼岸のとりやりは馬鹿なことなり

お萩くばる彼岸の使行《つかい》き逢ひぬ
梨腹も牡丹餅腹も彼岸かな
餅の名や秋の彼岸は萩にこそ
西へまはる秋の日影や糸瓜《へちま》棚《だな》

高橋より幸便に信州の氷餅を贈り来る

芭蕉《ばしょう》の

あら海や佐渡に横たふ天《あま》の川《がわ》　はせを

といふ句はたくみもなく疵《きず》もなけれど明治のやうに複雑な世の中になつてはこんな簡単な句にては承知すまじ　さりながら

霧ながら大きな町に出にけり　移《い》竹《ちく》

の如《ごと》き趣に至つてはかへつて解せざる者多し

この頃の若い人は歩《あ》行《る》く旅行の趣を解せず

この頃地方の俳句雑誌を見るに東京にては太祇《たいぎ》の流行やんで召波《しょうは》に移れりなど書けり　片はら痛きことなり　余らは諸子の句中太祇らしき句一句も見たることなくかつ召波調の句とはどんな句やらまだ研究もとどかぬにさてさて素ばしこい世の中なり

昨年のはじめ頃にや余

のびのびし帰り詣《もうで》や小《こ》六《ろく》月《がつ》

といふ句を得ていくらか太祇めきたるやうに思ひ始めてのことなればうれしくこれを『十句集』に出したる一点もつかざりきと覚ゆ

麦人《ばくじん》も太祇好《ずき》なり　この男普通才子の如く敏捷《びんしょう》になきがかへつてある趣に入ること深し　ある時来て

さそはれて妻をやりけり二の替《かわり》

といふ余の句を短冊《たんざく》に書けといふ　けだしその太祇調なるを以《もっ》ての故ならん　その時彼の句も聞き面白しと思ひしが忘れたり

太祇のまねするといふても彼の集中第一流ともいふべき句はまねらるる者にあらずそれ以下の句をまねるなり

移し植ゑし秋海棠《しゅうかいどう》や寐《ね》て見ゆる
十人の家内《かない》や芋の十皿《とさら》程
盛り分つ十皿の芋や台所
大家《おおいえ》や芋煮えて居る台所
蓮《はす》の実や飛んで小僧の口に入る
筆も墨も溲瓶《しびん》も内に秋の蚊帳《かや》

夜八時頃左向く　頻《しき》りに俳句を考へつつあるに俳気さざず眠気ざしてならず　遂《つい》に眠る　左向になれば直《すぐ》に眠たくなるなり

九月廿五日　晴

朝寐《あさね》の気味あり
朝飯　粥《かゆ》三わん　佃煮《つくだに》　なら漬　牛乳ココア入　菓子パン小二
便通と繃帯《ほうたい》取かへ
午飯《ひるめし》　粥四わん　かじきのさしみ　みそ汁実は茄子《なす》　なら漬　あみ佃煮　梨《なし》一つ
餅菓子《もちがし》二つ
間食　菓子パン　塩煎餅《しおせんべい》　餅菓子一つ　おはぎ半個　牛乳五勺ココア入
夕　体温　卅《さんじゅうろく》六度九分
鰌鍋《どじょうなべ》　若和布《わかめ》二はい酢　馬鈴薯《じゃがいも》　胡桃《くるみ》　なら漬　あみ佃煮　粥三わん　葡《ぶ》
萄《どう》一ふさ

高浜より小包にて曲物《まげもの》一個送り来る　小鰕《こえび》の佃煮なり　前日あみの佃煮この辺になきこと虚子《きょし》に話したる故なり

午後三人集つて菓子をくふ

南品川中村某より朝鮮の草鞋《わらじ》といふ者を贈り来る

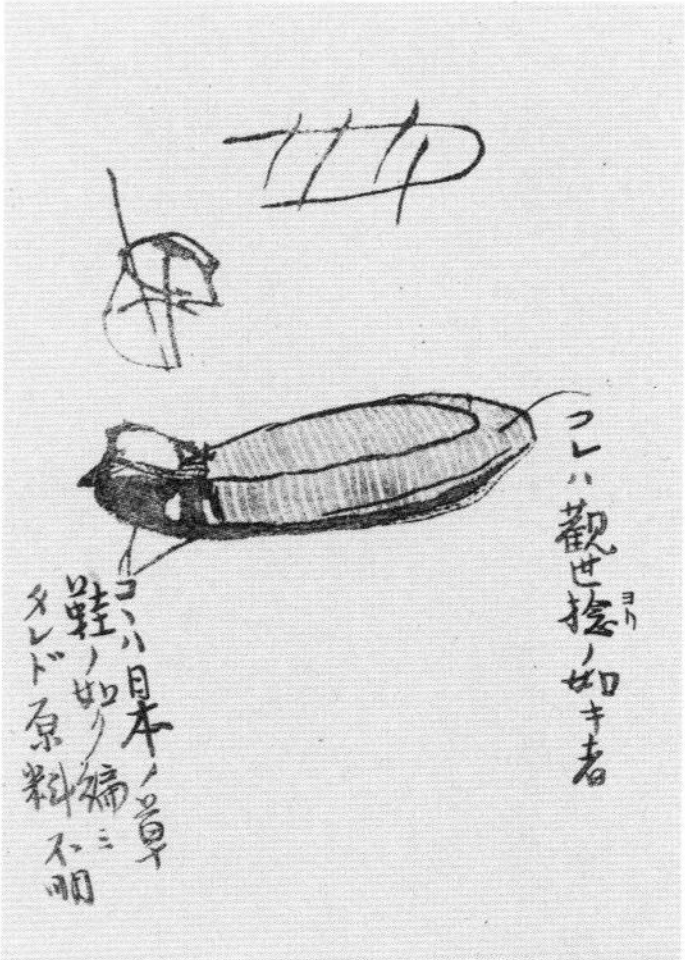
コレハ観世捻ノ如キ者
コハ日本ノ草鞋ノ如ク編ミタレド原料不明

これは観世捻《かんぜより》の如《ごと》き者

ここは日本の草鞋の如く編みたれど原料不明

天津ノ肋骨ヨリ来リシハガキノ半分
卅四年九月十一日

天津の肋骨《ろっこつ》より来《きた》りしはがきの半分

卅四年九月十一日

これは前日池内氏より
贈られたるかん詰の外
皮の紙製の袋の側面也
(雞肉《とりにく》を敲《たた》きて味噌《みそ》の如くした
る者なり CHICKEN LOAF)

この紙の箱に今は方一寸位の脱脂綿の小片沢山《たくさん》入れあり　これは毎日歯齦《はぐき》の膿《うみ》を押し出してはこの綿のきれで拭《ぬぐ》ひ取るなり

鼻毛を摘む
庭の棚に夕顔三つ瓢《ふくべ》一つ干瓢《かんぴょう》三つ　それより少しもふゑぬに糸瓜《へちま》ばかりはいくらでもふゑる　今ちよつと見たところで大小十三ほどあり
今宵《こよい》珍らしく夕顔の花一つ咲く　糸瓜の花も最早《もはや》二つ三つ見ゆるのみとなれり
ひぐらしの声は疾《と》くより聞かず　つくつくぼうしはこの頃聞えずなりぬ
本膳《ほんぜん》の御馳《ごち》走《そう》食ふて見たし
夕方　梟《ふくろう》御隠殿の方に鳴く
ガチヤガチヤ庭前にてやかましく鳴く　この虫秋の初めは上野の崖《がけ》の下と思ふあたりにてさわがしく鳴きその後次第次第に近より来ること毎年同じことなり

九月廿六日　曇　午後小雨
朝　ぬく飯四わん　あみ佃煮《つくだに》　はぜ佃煮　なら漬（西瓜《すいか》）
繃帯《ほうたい》取替及便通

牛乳一合ココア入　餅菓子《もちがし》一個半　菓子パン　塩せんべい
午《ひる》　まぐろのさしみ　胡桃《くるみ》　なら漬　みそ汁実はさつまいも　梨《なし》一つ
間食　葡萄《ぶどう》　おはぎ二つ　菓子パン　塩せんべい　渋茶
便通
夕　キャベツ巻一皿　粥《かゆ》三わん　八《や》つ頭《がしら》　さしみの残り　なら漬　あみ佃煮　葡萄
　十三粒
虚明《きょめい》より義仲寺《ぎちゅうじ》の刷物《すりもの》三枚送り来る　前に操子《みさこ》にもらひたると異なり
家人屋外にあるを大声にて呼べど応《こた》へず　ために癇癪《かんしゃく》起りやけ腹になりて牛乳餅菓子などを貪《むさぼ》り腹はりて苦し　家人屋外にありて低声に話しをるその声は病牀《びょうしょう》に聞ゆるに病牀にて大声に呼ぶその声が屋外に聞えぬ理なし　それが聞えぬは不注意の故なりとて家人を叱《しか》る
午後家庭団欒会《だんらんかい》を開く　隣家よりもらひしおはぎを食ふ
『週報』募集俳句（ふくべ）を閲《けみ》す
小草《おぐさ》の盆栽に蟷螂《かまきり》の居るをそのまま枕元に持て来ておく
昨日も今日も夕飯食はぬ内にはや眠たき気味あり　この模様にてはやがて昼も夜も

うつらうつらとして日記書くのもいやになるやうな時来《きた》らんかと思ふ
新聞雑誌を見て面白しと思ひしことの今に脳裏に残り居る者を試《こころみ》に列記せんか

その一

ビスマルク曰《いわ》く新聞とは紙の上にすりつけたるインキなり

その二

曰くお山の大将　曰く総領の甚六《じんろく》　曰く石部金吉《いしべきんきち》　曰く大馬鹿三太郎　曰く知らぬ顔の半兵衛《はんべえ》　曰く権兵衛　曰く助平　曰く何　曰く何　済々《せいせい》たる多士

その三

黒船浦賀に来りし時の狂句
おどかしてやつたとペルリ舌を出し

その四

田舎芝居の舞台にて大勢の役者がせりふを割つて一句づついふとき一人の役者が次の役者のせりふをいふてしまひしに次の役者は何といふべきすべも知らず当惑せしがやがて曰く
拙者のせりふがござらぬわい

その五

寐山和尚《がざんおしょう》天竜寺の泉水のほとりを散歩し居りしに丁稚《でっち》らしき者来りて、和尚さんこの池の鯉《こい》おくれんか、といふ　和尚いふ、この池の肴《さかな》取つてはならぬぞ、丁稚、いふ、そんなことといふてお前が取るのではないかな、和尚、いふ、寐山もこの返答には困つたわいと、和尚弟子に謂《いい》て曰く何といふても無我には勝てぬぞや

その六

伊藤侯の薩摩《さつま》下駄《げた》が桐《きり》の柾《まさ》で十五円、落語家円遊《えんゆう》の駒下駄《こまげた》が何とかの鼻緒《はなお》で七円

九月廿七日　曇（陰暦八月十五日）

便通

朝飯　ぬく飯四わん　あみ佃煮《つくだに》　はぜ佃煮　なら漬　牛乳五勺ココア入　菓子パン少々

午飯《ひるめし》　まぐろのさしみ　煮茄子《になす》　なら漬　粥《かゆ》三わん　梨《なし》一　焼栗五、六　かん詰のパインアツプル

間食　牛乳五勺 ココア入　菓子パン　塩煎餅《しおせんべい》十個ばかり

夕　少し発熱の気味あり　測れば卅七度七分

便通及繃帯《ほうたい》とりかへ

さつま四わん（これは小鯛《こだい》の骨を焼きて善く叩《たた》きて粉にし味噌《みそ》に和してぬく飯にかけ食ふなり　もっとも鯛の肉は生にて味噌に混じあるなり）

枝豆　あげもの一　かん詰の鳳梨《パインアップル》

母広徳寺《こうとくじ》前にて罌粟《けし》石竹《せきちく》等の種《たね》五、六袋買ふて帰らる（罌粟は余の所望なり）　おみやげ焼栗一袋（十個入二銭）は上野広小路六阿弥陀《あみだ》へ参られし帰り門前の露店にて求められたりと　余、何故に、もすこし多く買はれざるかと問へば余りに高き故なりと

東京の婦女子時に神詣寺参《かみもうでてらまいり》などと称《とな》へて出歩《である》行くは多く料理屋にて飯くふか少《すく》くとも蕎麦屋《そばや》汁粉屋《しるこや》位のおごりはするなり　手土産《てみやげ》を持ち帰るはいふまでもなし　田舎者はさる贅沢《ぜいたく》を知らず　内の者などたまたま出歩《である》行くも浅草ならば仲店を見物して一銭か二銭の花釵《はなかんざし》一、二本買ふ位に過ぎず　その釵何にすると問へば国の誰それに送るなりと　そんな釵わざわざ三百里の道を送らずとも松山にもいくらもあるべしといへばさにあらず江戸土産といへば善悪にかかはらずうれしきこと子供の時覚えありとやさしき心がけ、生活の程度はまだこんな者なり

浄名院《じょうみょういん》(上野の律院)に出入る人多く皆糸瓜《へちま》を携へたりとの話、糸瓜は咳《せき》の薬に利くとかにてお呪《まじない》でもしてもらふならん　けだし八月十五日に限るなり

月なし

『ホトトギス』十二号来る

九月廿八日　曇

例の如《ごと》く湯婆《たんぽ》を入れる

朝飯　ぬく飯三わん　はぜ佃煮《つくだに》　なら漬

牛乳　菓子パン

便通及繃帯《ほうたい》

午飯《ひるめし》　まぐろのさしみ　粥《かゆ》三わん　みそ汁実は葱《ねぎ》　あみの佃煮　鰕《えび》の佃煮　梨《なし》一

葡萄廿粒《にじっつぶ》

間食　牛乳　菓子パン　塩せんべい　かん詰鳳梨《パインアップル》　林檎《りんご》一

便通　体温　卅《さんじゅうなな》七度六分

夕飯　鰈《かれい》一尾（十四銭）　粥三わん　焼茄子《やきなす》　あみ佃煮　鰕佃煮　ぶだう一ふさ　やきいも
鼻糞《はなくそ》をせせる　鼻血出る
午後秀真《ほつま》芳雨《ほうう》二人来る　二、三日前函館《はこだて》より帰りしとなり
函館の展覧会は損になりたるを土地の賛助員に出してもらふて事すみたりと　青森の林檎一籃《ひとかご》おみやげにもらふ（茂春《もしゅん》と三人連名）
いざよひも月出ず
門附《かどづけ》表を流して通る
さつま芋を焼いてもらふて食ふ
この夜蚊帳《かや》をつらず
　二つ三つ蚊の来る蚊帳の別《わかれ》かな
　蚊帳つらで画美人見ゆる夜寒かな

九月廿九日　曇　湯婆《たんぽ》と懐炉を入れる

便通及繃帯《ほうたい》
寒暖計　六十七度
朝飯　ぬく飯四わん　あみ鰕佃煮《えびつくだに》　なら漬
　牛乳五勺ココア入　菓子パン
午飯《ひるめし》　さしみ　粥《かゆ》三わん　みそ汁　佃煮　なら漬
　牛乳五勺ココア入　菓子パン　梨《なし》一　りんご一
間食　菓子パン　塩せんべい　紅茶一杯半
夕　体温卅七度三分
　鰻飯《うなぎめし》一鉢（十五銭）飯軟《やわら》かにして善し　芋　糠味噌漬《ぬかみそづけ》
夜便通
把栗《はりつ》来る　長州へ行きかつ故郷に行きてすぐ帰るとなり　妻君孕《はら》みしとなり　男子生《うま》るべしとの予言なり　天津《てんしん》より来《きた》りし押絵一枚産屋《うぶや》のかざりにと贈る
午飯のときさしみ悪く粥も汁も生《なま》ぬるくて不平に堪へず　牛乳などいろいろ貪《むさぼ》るいりたてお豆食ひたし

『ホトトギス』にある文の中碧梧桐《へきごとう》の「富士の頂上」は作者の手柄と見るべきところはなけれど場所が場所だけに富士を知らぬ我らには面白く読まれた　但《ただし》結句は非常にまづい　四方太《しほうだ》の墓参は拙のまた拙なる者ぢや　四方太は主観的懐旧談とでもいふべき者を書くといつでも失敗する　この前に洪水の懐旧談をやつてその時も失敗した四方太先生ちとしつかりしたまへ　余り凝り過ぎて近来出来が悪いぢやないか　もしまた体が衰弱して居るならばしつかり御馳走《ごちそう》を食ひたまへ　把栗君でさへ子を生むといふぢやないか　さて紅緑《こうろく》の「下駄の露」は「富士の頂上」と同じく作者の工夫は見えぬ　しかし写生に行かれた御苦労は受け取れる　もし吉原十二時といふやうに完成したらば面白からう　この「下駄の露」(これは吉原の朝を写したるもの)について思ひ出したことがある　あるとき一念《いちねん》に伴はれて角海老《かどえび》に遊んだ次の朝一念は居続けするといふので蒲団《ふとん》かぶつて相方とさし向ひでうまさうに豆腐か何か食つてたから自分は独り茶屋へ帰つてその二階からしばらく往来を見て居た　するとその時横町から出て病院へでも行くのであらうと思はれる女が二人頭は大しやぐま、美しき裲襠《うちかけ》着て静かに並んで歩行《ある》く後姿に今出たばかりの朝日が映つて竜か何かの刺繡《ししゅう》がきらきらして居る　これを見て始めて善い心持になつた　吉原で清い美しい感じが起つたのはこの

時ばかりだ

夜に入つて呼吸苦し

芋の湯気団子の露や花《はな》芒《すすき》

虫の音《ね》の少くなりし夜寒かな

十三四五六七夜《や》月《つき》なかりけり

先刻把栗より話あり　その時『日本』文苑《ぶんえん》の俳句を出す事を約す　夜一日分だけ送る

こんなに呼吸の苦しいのが寒気のためとすればこの冬を越すことは甚だ覚束《おぼつか》ないそれは致し方もないことだから運命は運命として置いて医者が期限を明言してくれれば善い　もう三ケ月の運命だとか半年はむつかしいだらうとか言ふてもらひたい者ぢや　それがきまると病人は我儘《わがまま》や贅沢《ぜいたく》が言はれて大《おおい》に楽になるであらうと思ふ　死ぬるまでにもう一度本膳《ほんぜん》で御馳走が食ふて見たいなどといふて見たところで今では誰も取りあはないから困つてしまう　もしこれでもう半年の命といふことにでもなつたら足のだるいときには十分按摩《あんま》してもらふて食ひたいときには本膳でも何でも望み通りに食はせてもらふて看病人の手もふやして一挙一動悉《ことごと》く傍《そば》より扶《たす》けてもらふて西洋菓子持て来いといふとまだその言葉の反響が消えぬ内西洋菓子が山のやうに目の前に

出る　かん詰持て来いといふと言下にかん詰の山が出来る　何でも彼《か》でも言ふほどの者が畳の縁《へり》から湧《わ》いて出るといふやうにしてもらふ事が出来るかも知れない

体温を測つて見る　先刻と同じ(卅七度二分)

寒煖計も朝と同じ(六十七度)

九月三十日　晴

朝　ぬく飯三わん　佃煮《つくだに》二種　奈良漬(茄子《なす》)

　牛乳五勺　菓子パン　塩せんべい

午《ひる》　かじきのさしみ　粥《かゆ》三わん　みそ汁 実は茄子　なら漬　林檎《りんご》一ケ半

　便通及ほーたい取替

体温卅七度二分

夕　鰆《さわら》一切(十銭)　小松菜ひたしもの　なら漬(瓜)　粥三わん　葡萄《ぶどう》一ふさ

夜　菓子パン

昨夜十二時過やうやう眠る
眠《ねむり》さむ　上野の梟《ふくろう》鳴く　どこやらの飼鶴《かいづる》鳴く　牛乳の車通る　隣の時計四時を打つ
明方僅《わずか》に眠る　睡眠足らず
午後大我《たいが》来る　文苑《ぶんえん》俳句の事出雲《いずも》へ旅行の事敏捷《びんしょう》な小き鴫《しぎ》が打てても鈍な大きな雉《きじ》が打てぬ事など語る
寐床《ねどこ》を暫《しばら》く坐敷に移して病室を掃除す
今日も息苦し
中田氏新聞社よりの月給(四十円)を携へ来る
明治廿五年《にじゅうご》十二月入社月給十五円。廿六年一月より二十円　廿七年初《はじめ》新聞『小日本』を起しこれに関することとなりこれより卅円《さんじゅう》　同年七月『小日本』廃刊『日本』の方へ帰る　同様卅一年初四十円に増す　この時は物価騰貴のため社員総《すべ》て増したるなり

病室前の糸瓜《へちま》棚《だな》　臥《ふ》して見る所

余書生たりしときは大学を卒業して少《すくな》くとも五十円の月給を取らんと思へり　その頃は学士とりつきの月給は医学士の外《ほか》は大方五十円のきまりなりき　その頃の五十円といへば今日の如《ごと》く物価の高きときの五十円よりは値打多かりしならん　さて余が書生時代の学費はといふに高等中学在学の間は常盤会《ときわかい》の給費毎月七円をもらひ大学在学の間は同給費十円をもらひたり（この頃は下宿料四円位が普通なり）　されど大学へ入学以後は病身なりしため故郷よりも助けてもらひし故《ゆえ》一ケ月十三円乃至《ないし》十五円位を費《ついや》したり　しかるに家族を迎へて三人にて二十円の月給をもらひしときは金の不足するはいふまでもなく故郷へ手紙やりて助力を乞《こ》へば自立せよと伯父に叱《しか》られさりとて日本新聞社を去りて他の下らぬ奴にお辞誼《じぎ》して多くの金をもらはんの意は毫《ごう》もなく余はあるとき雪のふる夜社よりの帰りがけお成道《なりみち》を歩行《ある》きながら蝦蟇口《がまぐち》に一銭の残りさへなきことを思ふて泣きたい事もありき　余はこの時まだ五十円の夢さめず縦《よ》し学士たらずとも五十円位は訳もなく得らるるものと思へり　されど新聞社にては非常に余を優遇しあるなり　余はかくて金のために一方《ひとかた》ならず頭を痛めし結果遂《つい》に書生のときに空想せし如く金は容易に得らるる者に非《あら》ず　五十円はおろか一円二円さへこれを得る事容易ならず　否《いな》一銭《せん》一厘《りん》さへおろそかに思ふべきに非ず　こは余のみに非ず一般の

人も裏面に立ち入らば随分困窮に陥り居る者少からぬやうなり　五十円など到底われらの職業にては取れる者ならずといふことを了解せり　金に対する余の考《かんがえ》はこの頃より全く一変せり　これより以前には人の金はおれの金といふやうな財産平均主義に似た考を持ちたり　従つて金を軽蔑《けいべつ》し居りしがこれより以後金に対して非常に恐ろしきやうな感じを起し今まではさほどにあらざりしもこの後は一、二円の金といへども人に貸せといふに躊躇《ちゅうちょ》するに至りたり

三十円になりて後やうやう一家の生計を立て得るに至れり　今は新聞社の四十円とホトトギスの十円とを合せて一ケ月五十円の収入あり　昔の妄想は意外にも事実となりて現れたり　以《もっ》て満足すべきなり

夕顔の実に富《とみ》を得し話かな　（宇治拾遺）

雞《けい》頭《とう》や糸《へ》瓜《ちま》や庵《いお》は貧ならず

夜律《りっ》菓子パン買ひに行く　そのついでに文苑《ぶんえん》俳句の原稿を郵便に出す

破《やれ》垣《がき》に灯《ひ》見ゆる家の夜寒かな

この月の払ひの内

○一円六十九銭五厘　油、薪《まき》

○六円十五銭	魚（さしみ一皿十五銭乃至《ないし》廿銭）
○三円四十五銭	車及《および》使（内水汲賃《みずくみちん》一円半）
○三円七十三銭一厘	八百屋
○一円四十八銭五厘	牛乳
○三円	米
○一円五十二銭	醤油《しょうゆ》、味噌《みそ》、酢
○一円十一銭	炭
○一円七十八銭	菓子、砂糖、氷（付落沢山《つけおちたくさん》あり）
○二円三十銭二厘	現金払飲食費（付落沢山あり） 鰻、鮪、西洋料理、佃煮、八百屋物等
○六円五十銭	家賃

計三十二円七十二銭三厘

十月一日　晴

朝　ぬく飯三わん　佃煮《つくだに》　なら漬

便通及ほーたいとりかへ
牛乳五勺ココア入　菓子パン
午《ひる》　まぐろのさしみ　粥《かゆ》三わん　みそ汁　なら漬　林檎《りんご》一　ぶだう一ふさ
牛乳五勺ココア入　菓子パン
便通やや堅し
晩　親子丼（飯の上に雞肉《とりにく》と卵と海苔《のり》とをかけたり）　焼茄子《やきなす》　なら漬　梨《なし》一　苹果《りんご》一
九時眠る
今日は逆上やや強し　水にて額を冷す
母神田《かんだ》へ薬取及買物に往て午後三時頃帰らる

○

朝寒や鼻血おさへし旅の人
松蕈《まつたけ》や思ひ出《い》でたる古人の句
寝《ね》処《どころ》をかへたる蚊《か》帳《や》の別《わかれ》かな
秀調《しゅうちょう》死せしよし

悪の利く女形なり唐辛子

病《びょう》牀《しょう》

痩《やせ》骨《ぼね》をさする朝寒夜寒かな

夜陸翁《くがおう》来る　支那朝鮮談を聞く　曰《いわ》く支那の金持は贅沢《ぜいたく》なり　曰く北京《ペキン》のやうな何の束縛もなき処《ところ》に住みたし　曰く朝鮮にては白い衣を山の根方の草の上に干すなり　持統天皇の歌の趣あり　日本人は昔朝鮮より来《きた》りしかの心地せり

十月二日　晴

朝　ぬく飯四わん　はぜ蛤《はまぐり》佃煮《つくだに》　ならづけ

牛乳五勺ココア入　菓子パン　塩せんべい

便通及繃帯《ほうたい》とりかへ

午《ひる》　まぐろのさしみ　粥《かゆ》三わん　煮豆(黒豆とうづら豆)　なら漬　梨《なし》二つ

牛乳　菓子パン

夕　雞肉《とりにく》たたき　卵一　むし飯三わん　煮豆　さしみの残　梨一

一両日来左下横腹（腸骨か）のところいつもより痛み強くなりし故ほーたい取替のときちよつと見るに真黒になりて腐り居るやうなり　定めてまた穴のあくことならんと思はる　捨てはてたからだどーならうとも構はぬことなれどもまた穴があくかと思へば余りいい心持はせず　このこと気にかかりながら午飯を食ひしに飯もいつもの如《ごと》くうまからず　食ひながら時々涙ぐむ

一念《いちねん》来る　話は新聞論と林檎《りんご》論

麓《ふもと》潮音《ちょうおん》二人来る　話は沼津論修善寺《しゅぜんじ》論（麓のおみやげ雞肉たたき）

大原伯父より手紙よこさる　中に大原祖父の京滞在中宿元《やどもと》へよこされたる古手紙入れあり　その中に

（略）正岡にも去月十七日安産男子出生之由別而《べっして》うれしき事に候…………八《や》重《え》儀あともけんきに候と相見《あいみえ》日あきに参《まいり》候よし大仕合《おおしあわせ》に御座候　小児も丈夫に候得共少しちち付候よし　とふぞとふぞ早くなおり候様いのり候事に候………

一正岡うぶきもいかが相成候哉《や》うけたまり（元のママ）度候　帰足之節《きそくのせつ》は唐サラサ位のてんち歟《か》守り袋くらいにてすましたきつもりに御座候　孫の名は何とつき候や　正岡の紋はなにに候や　御序御申越可被下候《おついでおんもうしこしくださるべく》………

十月八日夜

お重との　　　　　　　　　　　　　　　　武右衛門

佑之丞《ゆうのじょう》殿

（略）子は沢山有之《たくさんこれあり》ても孫はまたまた別のものと見へ早く見度《みたく》存《ぞんずる》事に候………

などあり　これは慶応三年のことにてこの手紙に孫とあるは余のことなり　京より帰られしときのおみやげは守袋なりし由《よし》

不折《ふせつ》より巴理《パリ》着のはがき来る　下宿処

Grand Hôtel Soufflor

1 Rue Touldier

P―― F――

右間代《まだい》五十法《フラン》食料百法《フラン》合計百五十法《フラン》（七十五円）の由　日本人同宿九人なりと

夜鼻血出る　水にて額を冷す

十月三日　晴

朝　便通

麦飯三わん　佃煮《つくだに》　なら漬

牛乳五勺ココア入　菓子パン小七個

午《ひる》　まぐろのさしみ　粥《かゆ》三わん　みそ汁実は玉葱《たまねぎ》　なら漬　葡萄《ぶどう》十八粒　梨《なし》一　苹果《りんご》一

牛乳　菓子パン　塩せんべい　渋茶

一日間所見の動物

庭前の追込籠《おいこみかご》にはカナリヤ六羽(雄《おす》四雌《めす》二)　きんばら二羽(雄)　きんか鳥二羽(雌雄)　ジヤガタラ雀《すずめ》一羽(雌)　合せて十一羽　カナリヤ善く鳴く

○黄蝶《きちょう》二つ匆々《そうそう》に飛び去る　○秋の蠅《はえ》一つ二つ病人をなやます　○蜂《はち》か虻《あぶ》か糸瓜棚《へちまだな》に隠現《いんけん》す　○揚羽《あげは》の蝶糸瓜の花を吸ふ　○鳶《とび》四、五羽上野の森に近く舞ふ　ピーヒヨロリピーヒヨロリ　○蜻蛉《とんぼ》一つ糸瓜棚の上を飛び過ぎ去る　○極めて小き虫やや群れて山吹の垣根あたりを飛ぶ　○茶褐色の蝶　最《もっとも》高き雞頭《けいとう》の上にとまりて動かず　○向家《むかいや》の犬吠《ほ》ゆ　○蜂一つ追込籠の中を飛ぶ

午後は北側の間《ま》に寝床《ねどこ》を移したる故この所見は中絶せり　また別の日を選んでやるべし

〔糸瓜棚《へちまだな》の上を飛ぶ蝶《ちょう》・蜂《はち》・虻《あぶ》の図〕

鼠骨《そこつ》来る
午後逆上益《ますます》はげし　北側の四畳半の間《ま》に移る　額を冷し頭を扇ぎただ鼻血の出んことを恐る　目痛く続いて新聞を見る能《あた》はず
袢纏《はんてん》の料の足《た》し五十銭といふことにつき論あり

この後は逆上のため筆をとらず　聊《いささか》追記すれば
四日鳴雪翁《めいせつおう》ホトトギスよりの十円をとどけられかつホトトギスに付き談する所あり
五日は衰弱を覚えしが午後ふと精神激昂《げっこう》夜に入りて俄《にわか》に烈《はげ》しく乱叫乱罵《らんば》するほどに頭いよいよ苦しく狂せんとして狂する能はず独りもがきて益《ますます》苦《くるし》む　遂《つい》に陸翁《くがおう》に来てもらひしに精神やや静まる　陸翁つとめて余を慰めかつ話す　余もつとめて話す　九時頃就寝　しかもうまく眠られず
六日（日曜）　朝雨戸をあけしむるよりまた激昂す　叫びもがき泣きいよいよ異状を呈す　十一時頃虚子《きょし》四方太《しほうだ》碧梧桐《へきごとう》来る　これはホトトギスの茶話会《さわかい》を開くつもりにてはがき出し置きし者なるが（鳴雪翁よりはことわり来る）　この始末にて目的ややはづ

れたり　虚子のみやげ淡路町《あわじちょう》風月堂の西洋菓子各種、四方太はバナナとレモン、碧梧桐は焼鮒《やきぶな》とそら豆なり　今日は御馳《ごち》走会《そうかい》ではなかりしにいづれもより持参あり　意外の事なり　我《わが》内のはまぐろのさしみ、鯵《あじ》の膾《なます》、鯛《たい》の吸物《すいもの》なり　内の御馳走も意外のことなり

こんことで〔ママ〕夜まで話してもらう　晩飯は鰻飯《うなぎめし》なり　その中に雞飯《とりめし》一つあり　鬮引《くじびき》にて雞めし四方太にあたる　夕方柳医来る

皆帰る　眠薬《ねむりぐすり》をのみて寐《ね》る　けろりかんとして寐られず　翌午前三時を過ぎて僅《わずか》にまどろむ

七日朝睡眠不足のため頭面白からず　碧梧桐来る　曰《いわ》く虚子来るはずなりしが今朝午前三時過大畑《おおばたけ》の老婦没したるにより来られずと　昼飯をくふて帰る

午後麓《ふもと》酣雪亭《かんせつてい》の支那料理を携へ来る　晩餐《ばんさん》を吃《きっ》して帰る　書籍抵当談あり

この日はのぼせさげの水薬を三回のみ夜は眠薬をのんでよく眠る

前日来痛かりし腸骨下の痛みいよいよ烈しく堪《たえ》られず　この日繃帯《ほうたい》とりかへのとき号泣多時、いふ腐敗したる部分の皮がガーゼに附著《ふちゃく》したるなりと
背の下の穴も痛みあり　体をどちらへ向けても痛くてたまらず
この日風雨　夕顔一、干瓢《かんぴょう》二落つ

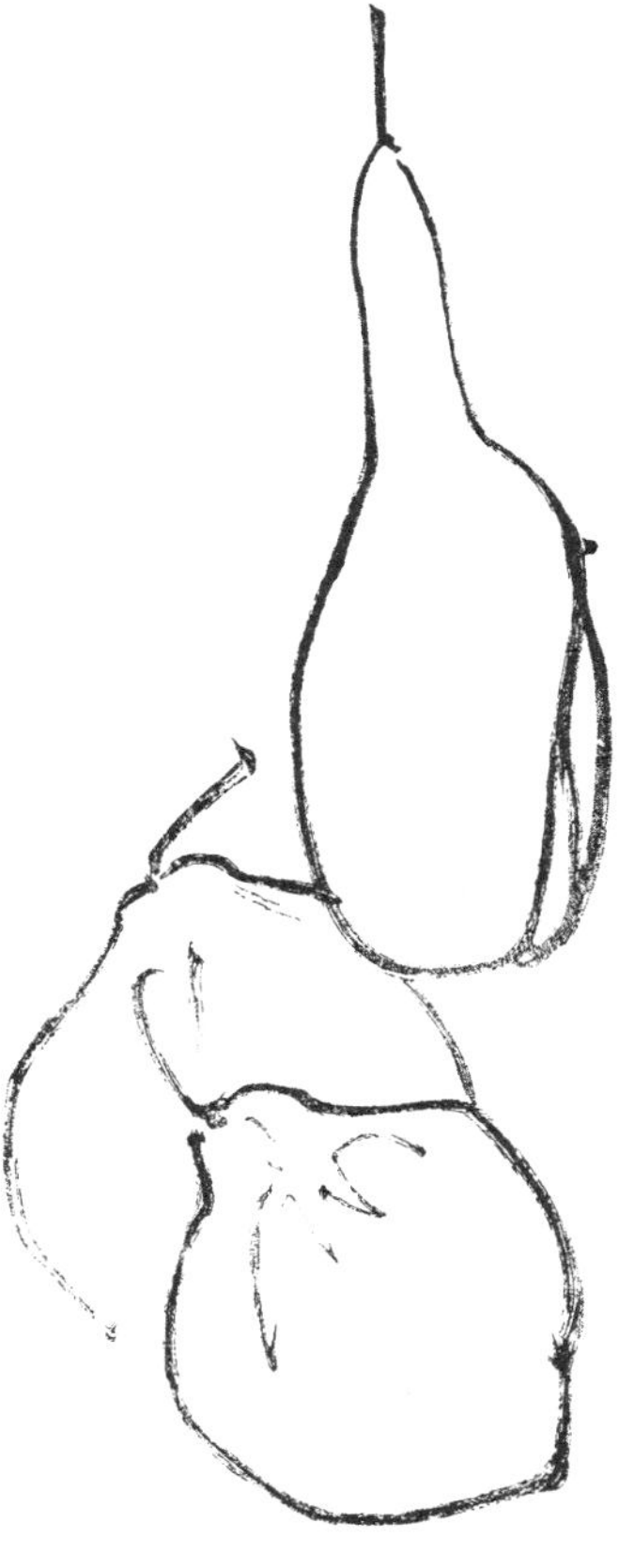

十月八日　風雨
　精神やや静まる　されど食気なし
　朝飯遅く食ふ　小豆粥《あずきがゆ》二わん　つくだ煮　昨日の支那料理の残り
　牛乳　西洋菓子
　午飯《ひるめし》　さしみ　飯一わん　つくだ煮　焼茄子《やきなす》　梨《なし》　ぶだう
　牛乳　西洋菓子　しほせんべい
　便通とほーたい
　晩飯　さしみ三、四切　粥一わん　ふじ豆　梨　ぶだう　レモン
　来客なし

十月九日
　昨夜服薬せざりしも熟睡　九時過目さむ

朝飯　粥《かゆ》三わん　つくだ煮　梅干
　かき三個間食
午飯《ひるめし》　飯一椀《わん》　さしみすこし　無花果《いちじく》
　牛乳五勺　西洋菓子間食
晩飯　鶏飯《とりめし》半どんぶり
午前鈴木氏柿《かき》を携へ来る、はがきを出して秀真《ほつま》氏に来てもらふ、十時過来る、油土《あぶらつち》にて母の顔を作る、三時過虚子《きょし》来る、夕刻宮本国手《こくしゅ》来る、
昨夜熟睡のため朝来心地よし　唯《ただ》雨晴れ俄《にわか》に暑を覚えたるためすこし逆上す
（右九日分虚子記）

この日宮本医来診のとき繃帯《ほうたい》を除いて新しき口及び背中尻《しり》の様子を示す　暫《しば》くぶりのことなり　医の驚きと話とを余所《よそ》ながら聞いて余も驚く　病勢思ひの外《ほか》に進み居るらし

十月十日　晴　昼来客なし

便通

朝飯　ぬくめし三わん　つくだ煮　梅干

牛乳　菓子パン

午飯《ひるめし》　粥《かゆ》三わん　まぐろのさしみ　ふじ豆　柿《かき》二

間食　さつまいもを焼きたる　葡萄《ぶどう》

夕飯　――エキス一皿　ふきなます　粥一わん　大根どぶ漬

体温三十八度七分　夜葡萄《ぶどう》をくふ

黒眼鏡をかけて新聞をよむ　雑誌をよむ

午後少しばかり頭を扇がす

余の内へ来る人にて病気の介抱は鼠骨《そこつ》一番上手なり　鼠骨と話し居れば不快のときも遂《つい》にうかされて一つ笑ふやうになること常なり　彼は話上手にて談緒《だんしょ》多き上に調子の上に一種の滑稽《こっけい》あればつまらぬことも面白く聞かさるること多し　彼の観察は細微にしてかつ記臆力《きおくりょく》に富めりその上に彼は人の話を受けつぐことも上手なり　頃日来逆《けいじつらい》上のため新聞雑誌も見られずややもすれば精神錯乱せんとする際この鼠骨を欠げるは

残念なり　鼠骨は今鉱毒事件のため出張中なり

夜碧梧桐《へきごとう》来る　林檎葡萄一籃《ひとかご》をもたらす　余かつて林檎の名を知りたしといへるにより名を聞き来れりと　直《ただち》にりんごの上に名を記し置かしむ

満紅《まんこう》(最もうまき者なりと)　大和錦《やまとにしき》　吾妻錦《あずまにしき》

松井(最大なる者)　岡本　紅《べに》しぼり　ほうらん(黄)

鳴雪翁《めいせつおう》が先日の茶話会の結果を聞きに来られしことなど碧梧桐話し話頭紅緑《こうろく》の上に移る　紅緑はこれまで世上にてとかく善からぬ噂《うわさ》ありたれど俳句における紅緑は全く別人の如《ごと》く清浄無垢《むく》なりしかばわれらもどこまでも清浄無垢の人として相当の敬礼を尽したり　しかるにこの頃紅緑の挙動など人づてに聞く所によれば俗界の紅緑は俳句界の紅緑と混和して世の中に立たんとするが如し　これ紅緑人格の上に一段の進歩なるべきも俳句界の紅緑は多少の汚濁を被るやも測られず　ここ一大工夫を要す

繃帯《ほうたい》をとりかへて眠《ねむり》につく

十月十一日　晴　体温卅八度七分
　便通
　朝　ぬく飯四わん　はぜつくだ煮　梅干
　牛乳　菓子パン　満紅《まんこう》（りんご）を食ふ
　　樽柿《たるがき》二つ

十月十二日　昼　挿雲《そううん》来る　話なし　飄亭《ひょうてい》来る　夕　虚子《きょし》来る　雑用借用論ほぼ定まる
　便通三度

十月十三日　大雨恐ろしく降る　午後晴
　今日も飯はうまくない　昼飯も過ぎて午後二時頃天気は少し直りかける　律《りつ》は風呂《ふろ》に行くとて出てしまうた　母は黙つて枕元に坐《すわ》つて居られる　余は俄《にわか》に精神が変にな

つて来た「さあたまらんたまらん」「どーしやうどーしやう」と苦しがつて少し煩悶《はんもん》を始める　いよいよ例の如《ごと》くなるか知らんと思ふと益《ますます》乱れ心地になりかけたから「たまらんたまらんどうしやうどうしやう」と連呼すると母は「しかたがない」と静かな言葉、どうしてもたまらんので電話かけう〔ママ〕と思ふて見ても電話かける処《ところ》なし　遂《つい》に四方太《しほうだ》にあてて電信を出す事とした　母は次の間《ま》から頼信紙《らいしんし》を持つて来られ硯箱《すずりばこ》もよせられた　直《すぐ》に「キテクレネギシ」と書いて渡すと母はそれを畳んでおいて羽織を着られた「風呂に行くのを見合せたらよかつた」といひながら銭を出して来て「車屋に頼んでこう」といはれたから「なに同し事だ　向《むこ》へまで往つておいでなさい　五十歩百歩だ」といふた心の中はわれながら少し恐ろしかつた「それでも車屋の方が近いから早いだろ」といはれたから「それでも車屋ぢや分らんと困るから」と半ば無意識にいふた余の言葉を聞《き》き棄《ず》てにして出て行かれた　さあ静かになつた　この家には余一人となつたのである　余は左向に寐《ね》たまま前の硯箱を見ると四、五本の禿筆《ちびふで》一本の験温器の外《ほか》に二寸ばかりの鈍い小刀《こがたな》と二寸ばかりの千枚通しの錐《きり》とはしかも筆の上にあらはれて居る　さなくとも時々起らうとする自殺熱はむらむらと起つて来た　実は電信文を書くときにはやちらとしてゐたのだ　しかしこの鈍刀や錐ではまさかに死

ねぬ　次の間へ行けば剃刀《かみそり》があることは分つて居る　その剃刀さへあれば咽喉《のど》を掻《か》く位はわけはないが悲しいことには今は匍匐《はらば》ふことも出来ぬ　已《や》むなくんばこの小刀でものど笛を切断出来ぬことはあるまい　錐で心臓に穴をあけても死ぬるに違ひないが長く苦しんでは困るから穴を三つか四つかあけたら直《すぐ》に死ぬるであらうかと色々に考へて見るが実は恐ろしさが勝つのでそれと決心することも出来ぬ　死は恐ろしくはないのであるが苦が恐ろしいのだ　病苦でさへ堪へきれぬにこの上死にそこなふてはと思ふのが恐ろしい　そればかりでない　やはり刃物を見ると底の方から恐ろしさが湧《わ》いて出るやうな心持もする　今日もこの小刀を見たときにむらむらとして恐ろしくなつたからじつと見てゐるとともかくもこの小刀を手に持つて見ようとまで思ふた　よつぽ〔ママ〕と手で取らうとしたがいやいやここだと思ふてじつとこらえた心の中は取らうと取るまいとの二つが戦つて居る　考へて居る内にしやくりあげて泣き出した　その内母は帰つて来られた　大変早かつたのは車屋まで往かれたきりなのであらう

逆上するから目があけられぬ　目があけられぬから新聞が読めぬ　新聞が読めぬからただ考へる　ただ考へるから死の近きを知る　死の近きを知るからそれまでに楽《たのし》みをして見たくなる　楽みをして見たくなるから突飛《とっぴ》な御馳走《ごちそう》も食ふて見たくなる　突

飛な御馳走も食ふて見たくなるから雑用がほしくなる　雑用がほしくなるから書物でも売らうかといふことになる………いやいや書物は売りたくない　さうなると困る困るといよいよ逆上する

古白曰來

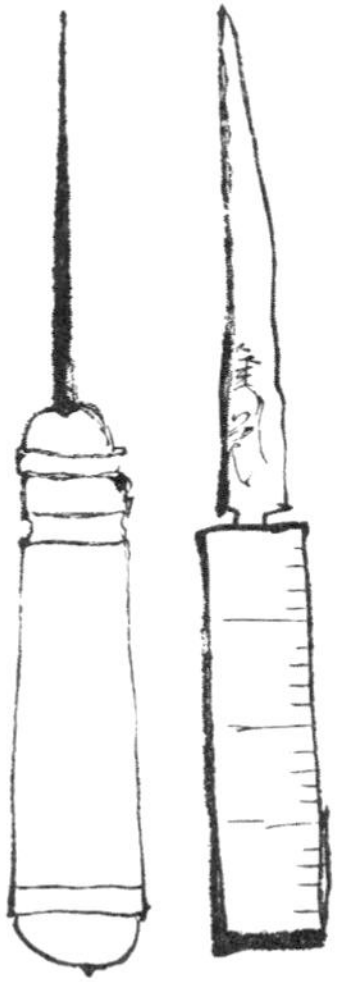

「千松島」松宇文中より抜

移竹《いちく》の秋の句

〔移竹の句(二十句)の切抜きが貼り付けてある〕

仰臥漫録

二

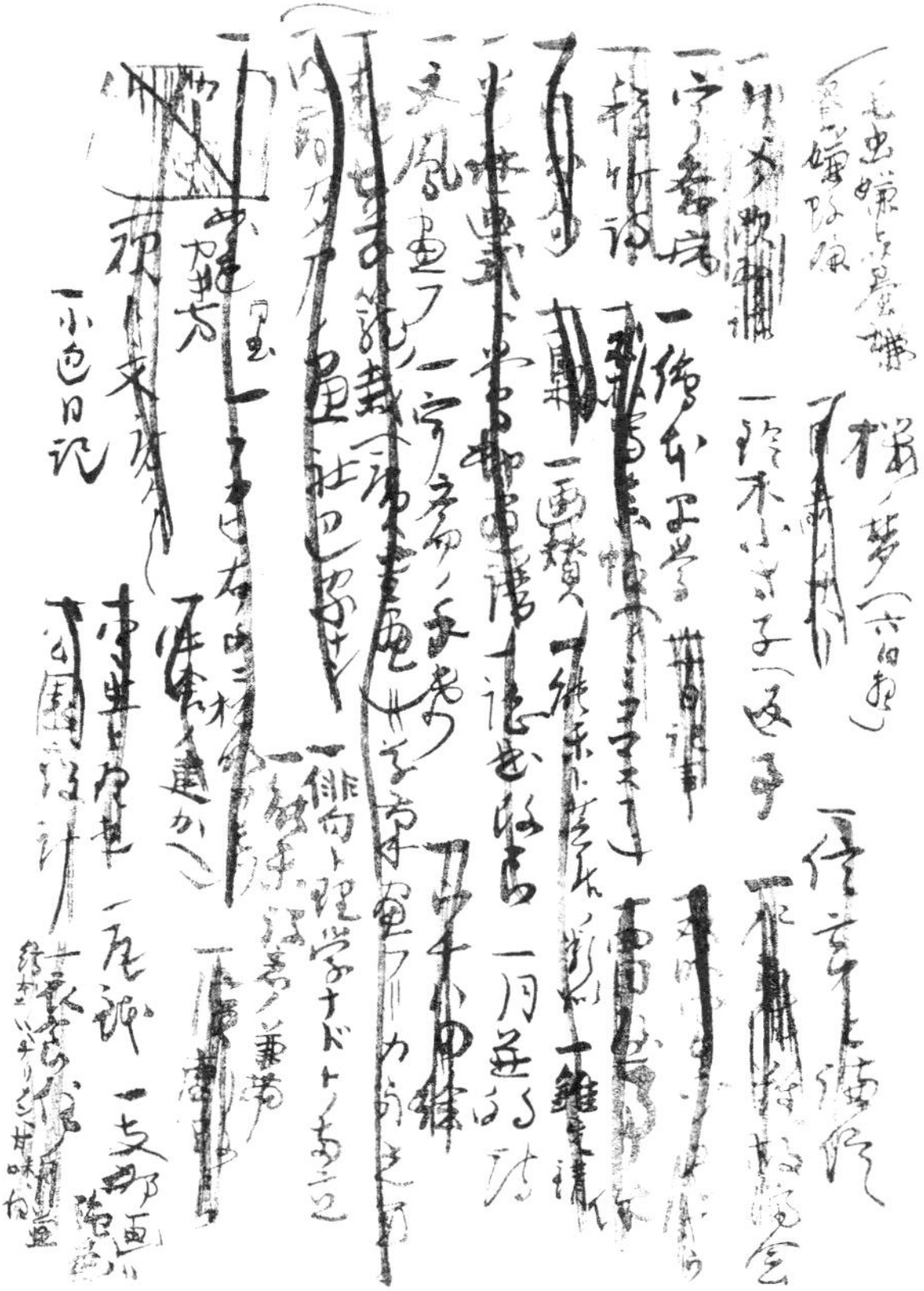
桜ノ夢（六句起）
一月並句
一支那画
一小白日記

毛虫嫌《ぎらい》と蟇《がま》嫌
蚤《のみ》嫌蚊《か》嫌
桜の夢（六日夜）
一目の前のさはり　一信玄と謙信
一叔父の欧州話　一鈴木ふさ子へ返事　一水□難救済会
一寧 斎 病　一絵本早学　一十日記事　一双眼写真の見やう
一種 竹 詩　一名所写真帖（くみこますこと）　一四目屋事件
一自 分 句　一梟　一画賛　一能楽と芝居の類似　一錐生錆
一光 琳 画 式 と 鶯 邨 画 譜　一謡曲改良　一月並的詩
一文鳳画《ぶんぽうが》ふ　一寧斎《ねいさい》の手紙　一うちはの絵
一春七草籠の栽（広重画）＝草筆画ふ＝か永元年
一□□かめ戸の画社辺家なし　一俳句と理学などとの両立
同書　一能楽役者の兼帯
一　女郎花　一うかひ右の手に松明をもつ　一演劇改良
かき方　一牛舎の建かへ　一瓦鉢　一支那画は
〈図〉
一硯と文房具　一写生と理想　強色
一小包日記　一公園設計　一衣食住の月並
縞本□い、ちりめん、甘味、柱

〔傍線を付したのは抹消されたもの，□は判読不能の文字〕

再ひしやくり上《あげ》て泣《なき》候処《ところ》へ四方太《しほうだ》参りほとときすの話金《かね》の話などいろいろ不平をもらし候ところ夜に入りては心地はれはれと致申《いたしもうし》候

十月十四日　誰も参り不申《もうさず》

十月十五日　一昨夜寝られさりし故《ゆえ》昨夜はよひのほどより眠り申候　起きては眠り起きては眠りとうとう夜明け候へは直《ただち》に便通あり　心地くるしく松山伯父へ向け手紙一通したため申候

天下の人余り気長く優長《ゆうちょう》に構へ居《おり》候はば後悔可致《いたすべく》候
天下の人あまり気短く取いそぎ候はば大事出来申間敷《もうすまじく》候
われらも余り取いそぎ候ため病気にもなり不具にもなり思ふ事の百分一も出来不申《もうさず》候

しかしわれらの目よりは大方の人はあまりに気長くと相見え申候
貧乏村の小学校の先生とならんか日本中のはげ山に樹《き》を植ゑんかと存《ぞん》候

会計当而已矣《あたるのみ》　牛羊　茁　壮長而已矣《ぎゅうようさつとしてそうちょうするのみ》　この心持にて居らば成らぬと申《もうす》事はあるまじく候　われらも死に近き候今日に至りやうやう悟りかけ申《もうし》候やう覚え候　痩我慢《やせがまん》の気なしに門番関守《せきもり》夜廻りにても相つとめ可申《もうすべく》候と存《ぞんじ》候　ただ時々の御慈悲《おじひ》には主人の残肴《ざんこう》きたなきはかまはず肉多くうまさうな処《ところ》をたまはりたく候　食気《くいけ》ばかりはどこまでも増長可致《いたすべく》候

兆民居士《ちょうみんこじ》の『一年有半《いちねんゆうはん》』といふ書物世に出候よし新聞の評にて材料も大方分り申候　居士は咽喉《のど》に穴一ツあき候由《よし》われらは腹背中臀《しり》ともいはず蜂《はち》の巣の如《ごと》く穴あき申候　一年有半の期限も大概は似より候ことと存候　しかしながら居士はまだ美といふ事少しも分らずそれだけわれらに劣り可申《もうすべく》候　理が分ればあきらめつき可申美が分れば楽《たのし》み出来可申候　杏《あんず》を買ふて来て細君と共に食ふは楽みに相違なけれどもどこかに一点の理がひそみ居《おり》候　焼くが如き昼の暑さ去りて夕顔の花の白きに夕風そよぐ処何の理窟《りくつ》か候べき

われらなくなり候とも葬式の広告など無用に候　家も町も狭き故《ゆえ》二、三十人もつめかけ候はば柩《ひつぎ》の動きもとれまじく候
何派の葬式をなすとも柩の前にて弔辞伝記の類読《よ》み上《あげ》候事無用に候
戒名といふもの用ゐ候事無用に候　かつて古人の年表など作り候時狭き紙面にいろいろ書き並べ候にあたり戒名といふもの長たらしくて書込《かきこみ》に困り申候　戒名などはなくもがなと存《ぞん》じ候
自然石の石碑はいやな事に候
柩の前にて通夜すること無用に候　通夜するとも代りあひて可致《いたすべく》候
柩の前にて空涙《そらなみだ》は無用に候　談笑平生《へいぜい》の如くあるべく候

昨夜腹具合あしく今日は朝飯くはず
電話にて虚子《きょし》を招く　来る　午後秀真《ほつま》来る
今夜はホトトキス事務所に山会あるはずなれば夕刻電信にて「ヤマクワイコイ」と言ひやる碧梧桐《へきごとう》一人来《きた》りしのみ

十月十六日　終日無客。夜秀真《ほつま》来る。つとめて話を絶やさぬやうにする苦辛《くしん》見えて気の毒なり

十月十七日　雨　朝鼠骨《そこつ》来る　鉱毒地より帰れるなり
午後碧梧桐《へきごとう》来る　今日は神嘗祭《かんなめさい》なりと　夜紅緑《こうろく》来る　これは山会参会のためなり
今夜草廬《そうろ》にて山会ありとなり　虚子《きょし》病気にて来《きた》らす　使《つかい》をよこして山会へぶだう、余へ雲丹《うに》と『一年有半』を贈り来る　碧梧桐は余へ先日のと異なるりんごなりとて金太郎とつこーの二種及びぶだうを贈る
碧梧桐をして山会の文二篇(虚子の停車場茶屋と碧梧桐の紀行矢口渡《やぐちのわたし》)を読ましむ
この夜頭脳不穏頻《しき》りに泣いて已《や》まず　三人に帰つてもらひ糞《くそ》して睡り薬を呑《の》んで眠る(下痢やまず毎日三、四度便通あり)

十月十八日　雨　昨夜睡《ねむ》り得て今朝平穏なり　終日無客、新聞などあらまし見る　夜『一年有半』を見る
秀真《ほつま》雨を犯して来る
　朝　便通　朝飯なし　朝寒暖計六十度以下
　　牛乳五勺ココア入　菓子パン
便通及ほーたいかへ
午《ひる》　まぐろのさしみ　粥《かゆ》三わん　茄子《なす》　大はぜの佃煮《つくだに》(昨日蒼苔《そうたい》の贈る所)　ぶだう
晩　さしみの残り　松蕈飯《まつたけめし》三わん　蒸《むし》松蕈　大はぜ、無花果《いちじく》二つ　夜、梨《なし》一つ
松蕈は余の注文にて母はわざわざ雨中を買ひに出られしなり
今日は『週報』俳句(波を閲《けみ》す)
鼠骨《そこつ》車にて来る　十一時頃車にて帰る　秀真泊る
便通後眠る

十月十九日　雨、便通、秀真《ほつま》去る、また便通、繃帯《ほうたい》取替、午飯《ひるめし》、まぐろのさしみ、粥四わん、大はぜ三尾、りんご一つ

十六、七歳の頃余の希望は太政大臣《だじょうだいじん》となるにありき　上京後始めて哲学といふことを聞き哲学ほど高尚なる者は他になしと思ひ哲学者たらんことを思へり　後また文学の末技《まつぎ》に非《あらざ》るを知るや生来《せいらい》好めることとて文学に志すに至れり　しかもこの間理論上大臣を軽視するにかかはらず感情上何となく大臣を無上の栄職の如《ごと》く考へたり　しかるに昨年以来この感情全くやみ大臣たるも村長たるも其処《そこ》に安んじ公のために尽すにおいて一毫《いちごう》の軽重なきを悟りたり

今日余もし健康ならば何事を為《な》しつつあるべきかは疑問なり　文学を以《もっ》て目的となすとも飯食ふ道は必ずしもこれと関係なし　もし文学上より米代を稼《かせ》ぎ出《い》だすこと能《あた》はずとせば今頃は何を為しつつあるべきか

幼稚園の先生もやつて見たしと思へど財産少しなくては余には出来ず　造林の事なども面白かるべきもその方の学問せざりし故《ゆえ》今更山林の技師として雇はるるの資格なし　自ら山を持つて造林せば更に妙なれど買山《ばいざん》の銭なきを奈何《いかん》

晩飯さしみの残りと裂《さ》き松蕈《まつたけ》

この日便通凡《およそ》五度、来客なし

十月二十日　晴　鼠骨《そこつ》来る　加藤叔父来らる　午後虚子《きょし》来る
朝便通、朝飯なし、牛乳五勺 紅茶入 ビスケット
午飯《ひるめし》三人共に食ふ、さしみ、豆腐汁、柚味噌《ゆずみそ》、ぬく飯三わん　りんご一つ
牛乳五勺 紅茶入 ビスケット　煎餅《せんべい》
三河《みかわ》の同楽《どうらく》より松蕈《まつたけ》、小松の森田某より柿《かき》を送り来る
同楽の手紙に曰《いわ》く
過般『日本』紙上「墨汁一滴」やみまた俳句も不出《いでず》相成《あいなり》候節は誠に落胆致《いたし》候しかしまた『週報』に御選之句出候故聊《いささ》か力を得候へとも小生はもし御訃音《ごふいん》之広告出候かと『日本』来ることに該欄を真先に披見致居《ひけんいたしおり》候……
真率にして些《いささか》も隠さざる処太《はなは》だ愛すべし
晩餐《ばんさん》虚子と共にす　鰻《うなぎ》の蒲焼《かばやき》、ふじ豆、柚みそ、飯一わん、粥《かゆ》二わん、柿二つ、無花果《いちじく》二つ

夕刻前便通及びほーたい取替、夜便通

十月廿一日　客なし　夜に入りて痼癪《かんしゃく》起らんとす　病牀《びょうしょう》の敷蒲団《しきぶとん》を取り代ふることによりて痼癪を欺きをはる

十月廿二日　午後鼠骨《そこつ》来る　中村某より松蕈一籃《まつたけひとかご》を送り来る

十月廿三日　午後いもを焼いて喰《く》ひつつあるとき田中某来る　手土産《てみやげ》ビスケット
河東繁枝子《かわひがししげえこ》来る　手土産鮭《さけ》の味噌漬《みそづけ》二切
左千夫《さちお》来る　手土産葡萄一籃《ぶどうひとかご》、外《ほか》に蕨真《けっしん》よりの届けもの栗一袋、左千夫は房州を旅して帰れるなり　上総《かずさ》の海辺の砂(中に小き赤き珊瑚《さんご》まじる)及び阿房《あわ》神社のお札を携へ来る

夕刻大坂の文淵堂主人来る　手土産奈良漬一桶《ひとおけ》

左千夫と共に晩餐を喫す　繁枝子にも次の間《ま》において同じ晩餐を出すらし

夜秀真《ほつま》来る　故郷より携へ来れりとて手土産柿《かき》二種(江戸一及び百目《ひゃくめ》)　マルメロ三個

男女の来客ありし故この際に例の便通を催しては不都合いふべからざる者あるを以《もっ》て余は終始安き心もなかりしが終《つい》にこらえおほせたり　夜九時過衆客皆散じて後直《ただち》に便通あり　山の如《ごと》し

赤黄緑三色の木綿を縫ひ合せて財布を作る　これを頭上の力綱に掛く　中に二円あり　これ今月分の余の雑用として虚子《きょし》より借《かり》る所、

十月廿四日

朝　便通

牛乳一合　ビスケット

黒眼鏡をかけて新聞を見る

午《ひる》　まぐろのさしみ　粥《かゆ》二わん　里芋 よき芋なり　なら漬　柿《かき》二つ

巡査来《きた》り玄関にて、夜間戸締《とじまり》の注意をなす声聞ゆ「そーですか　三人ですか雇人《やといにん》は居ませんか」大声を残して帰り去る

虚子《きょし》来る　焼栗を食ふ　虚子余の旧稿(新聞の切抜)を携へ去る

晩　便通及繃帯《ほうたい》取替

さしみの残り　飯二わん　茄子《なす》　松蕈《まつたけ》　鮭《さけ》の味噌漬《みそづけ》　支那索麺《そうめん》過日叔父の恵まれしもの　なら漬　葡萄《ぶどう》一房　柿一つ

不折《ふせつ》妻君柿苹果《りんご》を贈り来る

夜九月十三夜なり　庭の虫声なほ全く衰へず

月は薄曇なりと　夜半より雨

十月廿五日　曇

朝　便通及ほーたい替

牛乳五勺砂糖入　ビスケット　塩せんべい

午《ひる》　まぐろのさしみ　飯二わん　なら漬　柿《かき》三つ

牛乳五勺　ビスケット　塩せんべい

晩　栗飯一わん　さしみの残り　裂《さ》き松蕈《まつたけ》　なら漬　渋茶一わん

夜　便通山の如《ごと》し

加賀の洗耳《せんじ》より大和柿《やまとがき》一籃《ひとかご》を贈り来る

客なし

『週報』募集俳句歌（題蚯蚓鳴《みみずなく》）を閲《けみ》す

『一年有半《いちねんゆうはん》』は浅薄なことを書き並べたり、死に瀕《ひん》したる人の著なればとて新聞にてほめちぎりしため忽《たちま》ち際物として流行し六版七版に及ぶ

近頃『二六《にろく》新報』へ自殺せんとする由《よし》投書せし人あり　その人分りて忽ち世の評判となり自殺せずにすむのみか金三百円ほど品物若干を得かつ烟草店《たばこてん》まで出してやろといふ人さへ出来たり　『一年有半』と好一対

余も最早《もはや》飯が食へる間の長からざるを思ひ今の内にうまい物でも食ひたいといふ野心頻《しき》りに起りしかど突飛な御馳走《ごちそう》（例、料理屋の料理を取りよせて食ふが如《ごと》き）は内の者にも命じかぬる次第故《ゆえ》月々の小使銭俄《にわか》にほしくなり種々考《かんがえ》を凝らししも書物を売

るより外《ほか》に道なくさりとて売るほどの書物もなし　洋紙本やら端本やら売つて見たところで書生の頃べたべたと捺《お》した獺祭書屋《だっさいしょおく》蔵書印を誰かに見らるるも恥かきなり　とさまかうさま考へた末終《つい》に虚子《きょし》より二十円借《かり》ることとなり已《すで》に現金十一円請取りたり　これは借銭と申しても返すあてもなく死後誰か返してくれるだろー位のことなり　誰も返さざるときは家具家財書籍何にても我内にある者持ち行かれて苦情なき者なりとの証文でも書いておくべし

右の如く死に瀕して余も二十円を得たるを思へば『一年有半』や烟草屋を儲《もう》け出したる投書家ほどの手際には行かざりしも余にしては先《ま》づ上出来の方なり　しかしいづれも生命を売物にしたるは卑し

病牀《びょうしょう》の財布も秋の錦《にしき》かな
粟飯や病人ながら大食《おおぐら》ひ
かぶりつく熟柿《じゅくし》や髯《ひげ》を汚しけり
驚くや夕顔落ちし夜半《よわ》の音

十月廿六日　晴

朝　粥《かゆ》に牛乳かけて三椀《わん》　佃煮《つくだに》　奈良漬

　便通及繃帯《ほうたい》取替

午《ひる》　雞鍋《とりなべ》　卵二つ　飯一椀　味噌汁《みそしる》実は薩摩芋《さつまいも》　柿《かき》三つ　奈良漬

晩　雞肉たたき　さしみ　柿など

夜　渋茶　ビスケット等

　眠られず

女客二人あり。

午後麓《ふもと》来る。手土産《てみやげ》雞肉たたき。外《ほか》に古渡更紗《こわたりサラサ》の財布に金二円入れて来る。約束なれば受取る。

石の巻匏瓜《ほうか》より生鮭《なまざけ》一尾送り来る。

夜鼠骨《そこつ》来る。

　この頃の容体及び毎日の例

病気は表面にさしたる変動はないが次第に体が衰へて行くことは争はれぬ。膿《うみ》の出る口は次第にふえる、寐返《ねがえ》りは次第にむつかしくなる、衰弱のため何もするのがいやでただぼんやりと寐て居るやうなことが多い。

腸骨の側に新《あらた》に膿の口が出来てその近辺が痛む、これが寐返りを困難にする大原因になつて居る。右へ向くも左へ向くも仰向《あおむけ》になるもいづれにしてもこの痛所を刺激する、咳《せき》をしてもここにひびき泣いてもここにひびく。

繃帯は毎日一度取換へる。これは律《りつ》の役なり。尻《しり》のさき最《もっと》も痛く僅《わずか》に綿を以《もっ》て拭《ぬぐ》ふすらなほ疼痛《とうつう》を感ずる。背部にも痛き箇所がある。それ故《ゆえ》繃帯取換は余に取つても律に取つても毎日の一大難事である。この際に便通ある例で、都合《つごう》四十分乃至《ないし》一時間を要する。

肛門の開閉が尻の痛所を刺戟《しげき》するのと腸の運動が左腸骨辺の痛所を刺戟するのとで便通が催された時これを猶予するの力もなければ奥の方にある屎《くそ》をりきみ出す力もない。ただその出るに任するのであるから日に幾度あるかも知れぬ。従つて家人は暫時も家を離れることが出来ぬのは実に気の毒の次第だ。

睡眠はこの頃善く出来る。しかし体の痛むため夜中幾度となく目をさましてはまた眠るわけだ。

歯齦《はぐき》から出る膿は右の方も左の方も少しも衰へぬ。毎日幾度となく綿で拭ひ取るのであるが体の弱つて居る日は十分に拭ひ取らずに捨てて置くこともある。

物を見て時々目がちかちかするやうに痛むのは年来のことであるが先日逆上以来いよいよつよくなつて新聞などを見ると直《すぐ》に痛んで来て目をあけて居られぬやうになつた。それで黒眼鏡をかけて新聞を読んで居る。

朝々湯婆《たんぽ》を入れる。熱出ぬ。小便には黄色の交り物あること多し

食事は相変らず唯一の楽《たのしみ》であるがもう思ふやうには食はれぬ。食ふとすぐ腸胃が変な運動を起して少しは痛む。食ふた者は少しも消化せずに肛門へ出る。

さしみは醤油《しょうゆ》をべたとつけてそれを飯または粥の上にかぶせて食ふ。

佃煮も飯または粥の上に少しづつ置いて食ふ。

歯は右の方にて噛《か》む。左の方は痛くて噛めぬ。

朝起きてすぐ新聞を見ることをやめた。目をいたはるのぢや。人の来ぬ時は新聞を見るのが唯一のひまつぶしぢや。

食前に必ず葡萄酒《ぶどうしゅ》(渋いの)一杯飲む。クレオソートは毎日二号カフセルにて六粒。

十月廿七日　曇

明日は余の誕生日にあたる(旧暦九月十七日)を今日に繰り上げ昼飯に岡野の料理二人前を取り寄せ家内三人にて食ふ。これは例の財布の中より出たる者にていささか平《へい》生《ぜい》看護の労に酬《むく》いんとするなり。けだしまた余の誕生日の祝ひをさめなるべし。料理は会席膳《かいせきぜん》に五品

○さしみ　まぐろとさより　胡瓜《きゅうり》　黄菊《きぎく》　山葵《わさび》
○椀盛《わんもり》　莢豌豆《さやえんどう》　鳥肉　小鯛《こだい》の焼いたの　松蕈《まつたけ》
○口取《くちとり》　栗のきんとん　蒲鉾《かまぼこ》　車鰕《くるまえび》　家鴨《あひる》　煮葡萄《にぶどう》
○煮込　あなご　午蒡《ごぼう》〔ママ〕　八《や》つ頭《がしら》　莢豌豆
○焼肴《やきざかな》　鯛　昆布　煮杏《にあんず》　薑《はじかみ》

午後蒼苔《そうたい》来る。四方太《しほうだ》来る。
牛乳ビスケットなど少し食ふ　晩飯は殆《ほと》んど食へず。

料理屋の料理ほど千篇一律《せんぺんいちりつ》でうまくない者はないと世上の人はいふ。されど病牀《びょうしょう》にありてさしみばかり食ふて居る余にはその料理が珍らしくもありうまくもある。平生《へいぜい》台所の隅で香《こう》の物ばかり食ふて居る母や妹には更に珍らしくもあり更にうまくもあるのだ。

去年の誕生日には御馳走《ごちそう》の食ひをさめをやるつもりで碧四虚鼠《へきしきょそ》四人を招いた。この時は余はいふにいはれぬ感慨に打たれて胸の中は実にやすまることがなかつた。余はこの日を非常に自分に取つて大切な日と思ふたので先《ま》づ庭の松の木から松の木へ白《しろ》木棉《もめん》を張りなどした。これは前の小菊の色をうしろ側の雞頭《けいとう》の色が圧するからこの白幕で雞頭を隠したのである。ところが暫《しば》くすると曇りが少し取れて日が赫《かっ》とさしたので右の白幕へ五、六本の雞頭の影が高低に映つたのは実に妙であつた。

待ちかねた四人はやうやう夕刻に揃《そろ》ふてそれから飯となつた。余は皆に案内状を出すときに土産物《みやげもの》の注文をしておいた。それは虚子《きょし》に「赤」といふ題を与へて食物か玩具を持つて来いといふのであつたが虚子はゆで卵の真赤《まっか》に染めたのを持つて来た。これはニコライ会堂でやることとさうな。鼠骨《そこつ》は「青」の題で青蜜柑《あおみかん》、四方太は「黄」の題で蜜柑と何やらと張子《はりこ》の虎《とら》とを持つて来た。碧梧桐《へきごとう》は茶色、余は白であつたが何やら忘れた。食後次第に話がはずんで来て余は昼の間の不安心不愉快を忘れるほどになつた。余は象の逆立《さかだち》やジラフの逆立のポンチ絵を皆に見せうと思ふて頻《しき》りに雑誌をあけて居ると四方太は張子の虎の髯《ひげ》をひねり上げながら「独逸《ドイツ》皇帝だ独逸皇帝だ」などと言ふて居る。実に愉快でたまらなんだ。

それに比べると今年の誕生日はそれほどの心配もなかつたが余り愉快でもなかつた。体は去年より衰弱して寐返《ねがえ》りが十分に出来ぬ。それに今日は馬鹿に寒くて午飯頃《ひるめし》には余はまだ何の食慾《しょくよく》もなかつた。それに昨夜善く眠られぬので今朝は泣《な》かしかつた。それでも食へるだけ食ふて見たが後はただ不愉快なばかりでかつ夕刻には左の腸骨のほとりが強く痛んで何とも仕様がないのでただ叫んでばかり居たほどの悪日であつた。

十月廿八日　雨後曇

午後左千夫《さちお》来る　丈《たけ》の低き野菊の類を横鉢に栽《う》ゑたるを携へ来る

鼠骨《そこつ》来る

繃帯《ほうたい》取換の際左腸骨辺の痛み堪へがたく号泣また号泣困難を窮む

この日の午飯《ひるめし》は昨日の御馳走《ごちそう》の残りを肴《さかな》も鰕《えび》も蒲鉾《かまぼこ》も昆布も皆一つに煮て食ふ　これは昨日よりもかへつてうまし　お祭の翌日は昔からさいのうまき日なり

晩餐《ばんさん》は余の誕生日なればにや小豆飯《あずきめし》なり　鮭《さけ》の味噌漬《みそづけ》と酢の物（赤貝と烏賊《いか》）の御馳走にて左千夫鼠骨と共に食ふ

食後話はずむ　余もいつもより容易《たやす》くしやべる　十時頃二人去る

十月廿九日　曇

明治三十五年三月十日　月曜日　晴 日記のなき日は病勢つのりし時なり
午前七時家人起《お》き出《い》づ　昨夜俳句を作る　眠られず　今朝は暖炉を焚《た》かず
八時半大便、後《のち》腹少し痛む
同　四十分　痲痺《まひざい》剤を服す
十時　繃帯《ほうたい》取換にかかる　横腹の大筋つりて痛し
　この日始めて腹部の穴を見て驚く　穴といふは小き穴と思ひしにがらんどなり　心持悪くなりて泣く
十一時過　牛乳一合たらず呑《の》む　道後煎餅《どうごせんべい》一枚食ふ
十二時　午餐《ごさん》　粥《かゆ》一碗《わん》　鯛《たい》のさしみ四切　食ひかけて忽《たちま》ち心持悪くなりて止《や》む
午後一時頃　牛乳
　始終どことなく苦しく、泣く
午後四時過　左千夫《さちお》蕨真《けっしん》二人来る　左千夫紅梅の盆栽をくれ蕨真鰯《いわし》の鮓《すし》をくれる くさり鮓といふ由
五時　大便
　蕨真去る
　晩飯　小田巻《おだまき》（饂飩《うどん》）　さしみの残り　腐り鮓　金山寺味噌《きんざんじみそ》（長塚所贈）　うま

く喰《く》ふ

夜

七時頃痲痺剤を服す

牛乳　煎餅《せんべい》　蜜柑《みかん》　飴《あめ》等

左千夫歌の雑誌の事を話す　九時頃去る

それより寝《しん》に就く　睡眠善き方なり

この頃の薬は水薬二種（一は胃の方、一は頭のおちつくため）

三月十一日

朝ストーヴを焚《た》く　大便　牛乳　十時朝飯　粥《かゆ》二碗《わん》　鯛《たい》のさしみ七切ほど　味噌《みそ》

腐鮓《くさりずし》　蕗《ふき》の薹《とう》と梅干　蜜柑《みかん》三ケ　十一時　牛乳ココア入　煎餅《せんべい》一枚

十一時半　痲痺剤を服す　陸《くが》のおまきさん　梨《なし》数顆《か》持て来てくれる

午後一時半頃　繃帯《ほうたい》取換

三時碧梧桐《へきごとう》来る　腰背痛《いたみ》俄《にわか》に烈《はげ》しく痲痺剤を呑《の》む　種竹山人《しゅちくさんじん》来る　直《ただち》に去る

五時頃　晩餐《ばんさん》　ごもく飯一碗　をだまき　さしみの残り　鱈汁《たらじる》　鱈と人参《にんじん》の煮物

九時頃牛乳
夕方より碧梧桐妻来る　十時共に帰り去る
十一時過また痛烈しく起る　痲痺剤を服す
この頃は一日の牛乳三合必ずココアを交ぜる

三月十二日　晴　朝寒暖計五十度ばかり　煖炉《だんろ》を焚《た》く
午前十時頃新聞を読ませる
十一時半　午餐《ごさん》　さしみ（鯛《たい》）　金山寺味噌《きんざんじみそ》　芹《せり》とあげ豆腐　ジヤガタラ芋　注文せし「をだまき」来《きた》らず
挿雲露子《そううんろし》二人来る　飄亭《ひょうてい》来る
正午痲痺剤を服す　三人去る
午後二時　牛乳二杯　煎餅三、四
　繃帯取代　左へ寐戻《ねもど》りてより背腰殊《こと》に痛む　うとうとすれど眠られず
午後四時　をだまき蒸饂飩《むしうどん》　さしみ少〻　陸《くが》よりもらひたる豆のもやしなど食ふ

虚子《きょし》来る　ハム、ローフをくれる
六時　ぬく飯二わん　さしみの残り
談話　牛乳
十時　まひ剤を呑《の》む　虚子去る

明治三十五年　痲痺剤《まひざい》服用日記
六月廿日《はつか》（これより以前は記さず）
　正午　　午後九時
六月廿一日
　午後五時四十五分
六月廿二日
　午前九時五分
六月廿三日
　午前二時十五分
そこつ六月廿四日　雨　桑実《くわのみ》長塚より、清水峠《しみずとうげ》筍《たけのこ》、今成木公《いまなりもっこう》より
　午前九時　午後六時二十分
きよし六月廿五日　晴　盆栽の写真、岐阜三浦某より。写真数枚古竹《こちく》より。光琳《こうりん》百図
　虚子《きょし》より
　午前八時　卅《さんじゅうご》五分
六月廿六日　曇

午前八時
六月廿七日　雨　体温卅七度八分
午前六時　午後十時
六月廿八日　雨　梅影《ばいえい》より澱粉《でんぷん》三種（甘藷《かんしょ》、里芋、馬鈴薯《ばれいしょ》）を贈り来る
午前十時廿分　午後八時廿五分
六月廿九日　雨
午前九時
六月卅日　曇　体温卅七度二分
午前七時　午後七時廿分
七月一日　雨
午前八時半　午後五時廿五分
七月二日　曇、抱一《ほういつ》画（梅、水さし、はさみ）文鳳《ぶんぽう》麁画《そが》、桜ノ実、忍川豆腐《しのぶがわどうふ》
午前八時半　午後七時十五分
七月三日　雨
午前七時　午後三時半

七月四日　晴　建氏《けんし》画苑、立斎《りゅうさい》百画、狂詩画譜等小包にて来る

午前四時過　午後四時

七月五日　曇　草花一鉢(麓《ふもと》より)茂春《もしゅん》来《きた》り絵本二、三十巻を見せる

午前七時過　午後五時

七月六日　晴　来客八人、漁村《ぎょそん》、新甫《しんぽ》、瓢亭《ひょうてい》、四方太《しほうだ》、豊泉《ほうせん》、耕村《こうそん》、村井某、森田《もりた》義郎《ぎろう》

午前八時頃　午後七時頃

七月七日　晴

午前八時半　午後

七月八日　晴

午前七時半　午後五時半

七月九日　晴　いわしこ、豆腐、

午前九時十五分　この日衰弱疲労の極に達す

七月十日　雨　煽風器《せんぷうき》成る

のまず

七月十一日　晴　始めて蜩《ひぐらし》鳴く
二度吞《の》む
七月十二日　晴　始めて蟬《せみ》鳴く、茶の会席料理で碧梧桐《へきごとう》、四方太、虚子《きょし》会す
午前八時　午後四時四十分
七月十三日　晴、鼠骨《そこつ》、熱さに堪へず、寿子《じゅし》、鳴翁《めいおう》訪はる
午前四時　午後三時過
七月十四日　小雨、懐中汁粉《かいちゅうじるこ》、碧梧桐番
午前二時　午後三時
七月十五日　昼曇夜雨、虚子番、
午前二時　午後一時半　午後九時半
七月十六日　曇、義郎《ぎろう》番
午後零時三十五分
七月十七日　曇、碧梧桐番、秀真《ほつま》来
午前一時　午後零時三十分　午後八時半
七月十八日　曇、鼠骨番

午前九時半　午後五時半

七月十九日　虚子番　この日疲労極点に達し昏〻《こんこん》

午前九時半

七月二十日　碧梧桐鼠骨来　正午疲労やや回復のまず

七月二十一日　曇　左千夫《さちお》蕨真《けっしん》来、月樵《げっしょう》の狸《たぬき》の画を見る

午前十時

七月二十二日　晴　義郎番、如水子《じょすいし》来

午前九時半

七月二十三日　雨

午前十時

七月廿九日　曇　左千夫番

午前十時卅五分

〔以下、十九丁〔三十八頁〕白紙〕

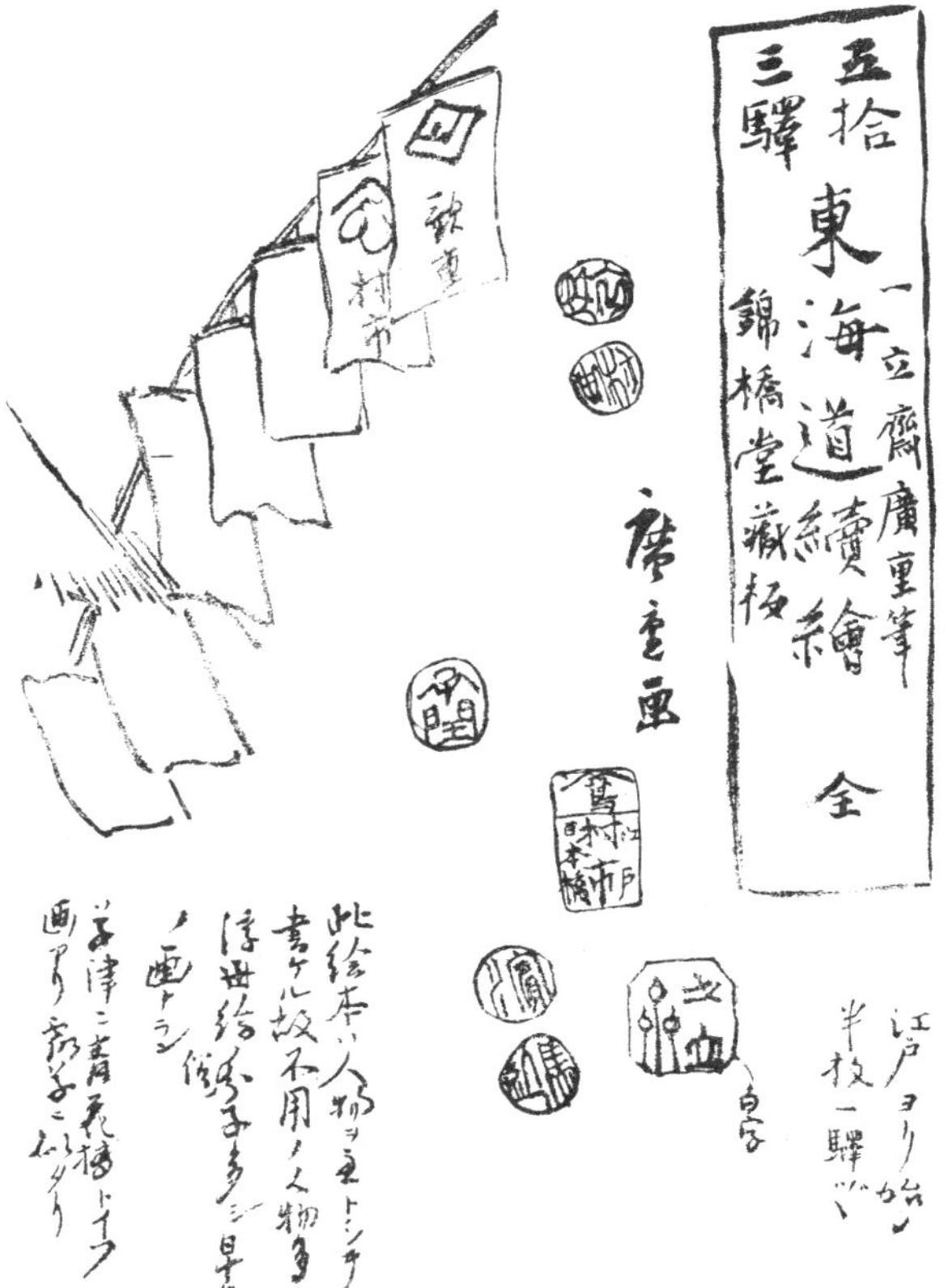

江戸ヨリ始ル
半枚一驛ツヽ

此絵本ハ人物ヲ主トシテ
書ケル故不用ノ人物多ク
浮世絵ノ手多シ 但シ早キ筆
ノ画トナラン
草津ニ青花摘トイフ
画アリ 齋子ニ似タリ

五拾《ごじゅう》三駅

一立斎広重《いちりゅうさいひろしげ》筆

東海道続絵　全

錦橋堂蔵板

広重画

江戸より始め
半枚一駅づつ

此《この》絵本は人物を主として
書ける故《ゆえ》不用の人物多く
浮世絵の俗分子多し　早年
の画ならん
草津に青花摘といふ
画あり　露草に似たり

江戸
品川
川崎
かな川
程ケ谷
戸塚
藤沢
平塚
大磯
小田原
箱根

三島
沼津
原
吉原
蒲原
由井
奥津
江尻
府中
鞠子

岡部
藤枝
島田
金谷
日阪
掛川
袋井
見附
濱松
舞坂

荒井
白須賀
二川
吉田
御油
赤坂
藤川
岡崎
池鯉鮒
鳴海

宮
桑名
四日市
石薬師
庄野
亀山
関
坂の下
土山
水口

石部
草津
大津
京

江戸　品川　川崎　かな川　程ケ谷　戸塚　藤沢　平塚　大磯《おおいそ》　小田原　箱根

三島　沼津　原　吉原　蒲原《かんばら》　由井　興津《おきつ》　江尻《えじり》　府中　鞠子《まりこ》

岡部　藤枝　島田　金谷《かなや》　日阪《ひさか》　懸川　袋井　見附　浜松　舞坂

荒井　白須賀《しらすか》　二川《ふたがわ》　吉田　御油《ごゆ》　赤坂　藤川　岡崎　池鯉鮒《ちりゅう》　鳴海《なるみ》

宮　桑名　四日市　石薬師《いしやくし》　庄野　亀山　関　坂の下　土山　水口

石部　草津　大津　京

〔以下、二丁半(五頁)白紙〕

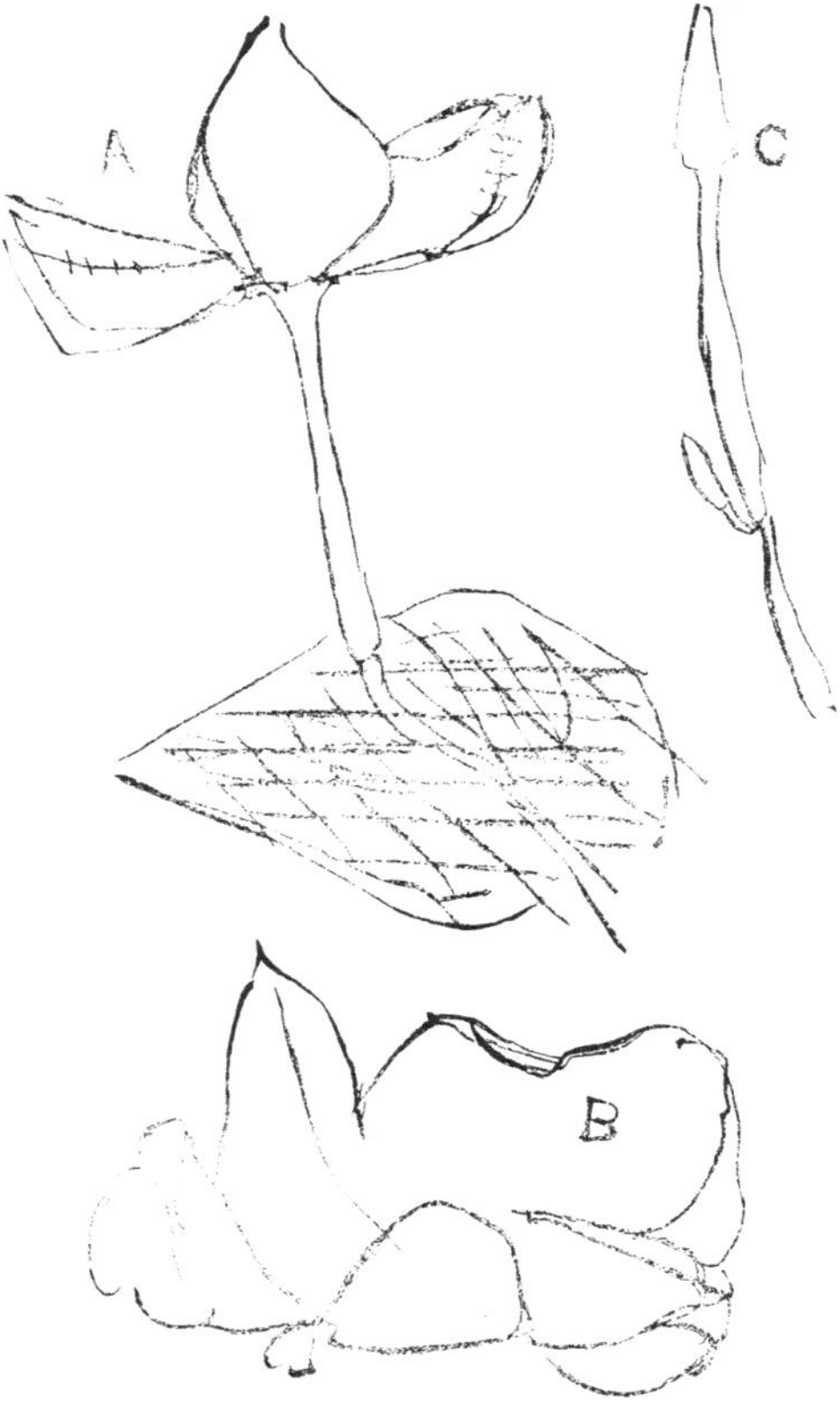

〔夜会草の花の写生図〕

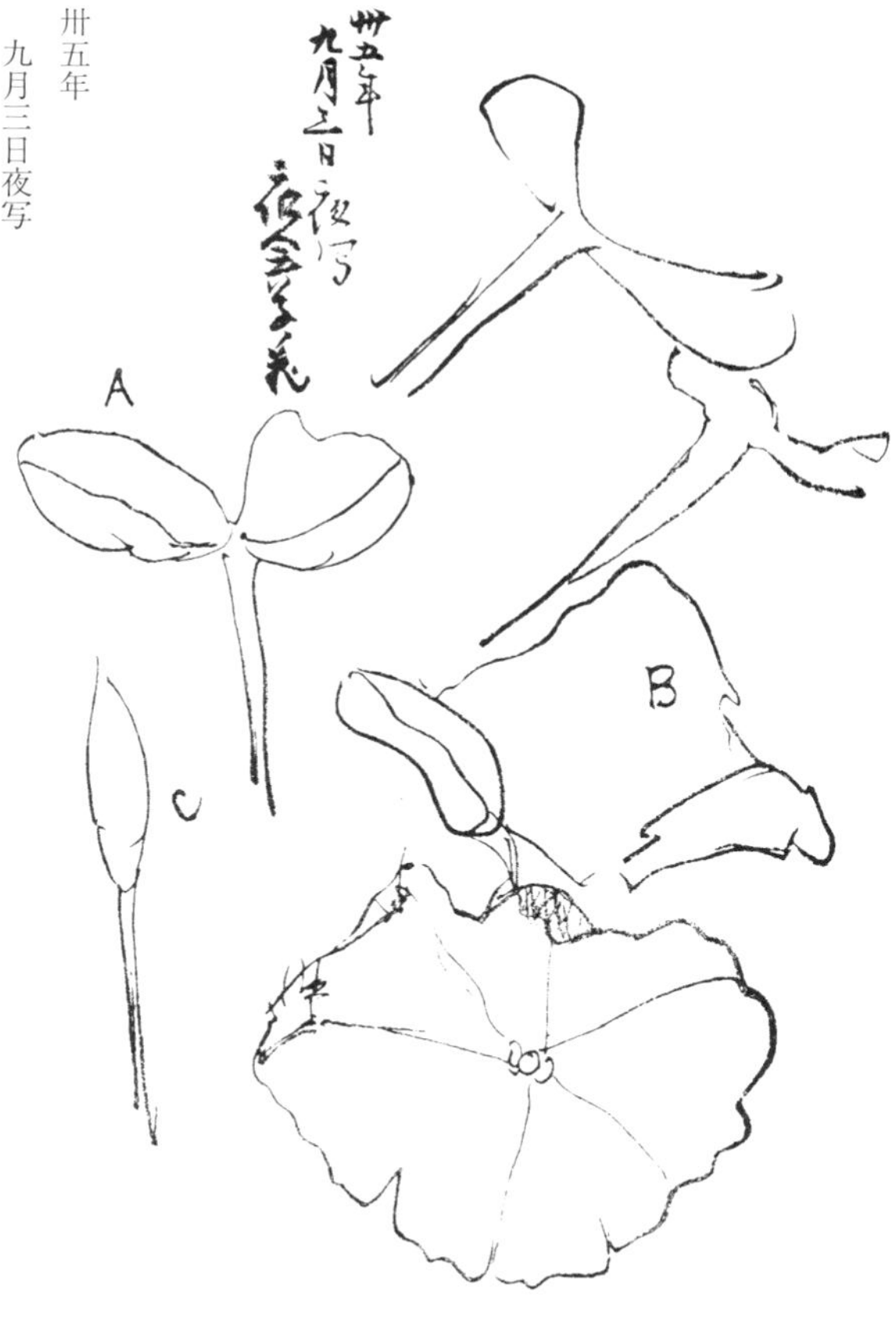

卅五年
九月三日夜写
夜会草の花

〔以下、一丁半（三頁）白紙〕

六月団匪起《だんぴおこり》八月走君王多謝柴《くんおうはしるたしゃすしば》
中佐不 使 敵 越 牆《てきをしてしょうをこえしめざるを》
独軍不知礼《れいをしらず》露軍不重名《なをおもんぜず》
粗食而 愛国 只 有日本兵《そしょくにしてくにをあいするただにほんへいあり》

〔以下、半丁（一頁）白紙〕

傘提灯《かさぢょうちん》　氷餅《こおりもち》

紙人形

虎杖《いたどり》と焼石

○日本青年会

○碁の手と人物

〔以下、一丁（二頁）白紙〕

煮兎憶諸友《うさぎをにてしょゆうをおもう》

下総《しもうさ》の節《たかし》のもとゆ贈り来し柔毛兎《にこげうさぎ》を厨刀《くりやかたな》音かつかつと牛かひの左千夫《さちお》がほふりふた股《また》の太けきを煮て桐《きり》の舎《や》と陽光《あきみつ》そ食《お》すあなうまそひらの肉の炙《あぶ》れるを病む我取らん残れるを秀真《ほつま》もかもな家遠み呼ぶすべをなみもみち葉の赤木も岡もあはれ幸《さち》なし

おくられものの歌数首「病床六尺」の中にあり

九月三日椀《わん》もりの歌　戯寄隣翁《たわむれにりんおうによす》

麩《ふ》の海に汐《しお》みちくれは茗荷子《みょうがこ》の葉末《はずえ》をこゆる真《ま》
玉白魚《たましらうお》

戯れに左千夫氏におくる（牛舎改築後洪水あり）

おほやけのみことかしこみ牛の為に建てし小屋
はもけふの水の為

山林家蕨真《けっしん》氏におくる

市に住めは水の患《うれい》あり山を買へば火の患あり火
の患君は

○くれなゐの梅散るなへに故郷《ふるさと》につくしつみにし
春し思ほゆ

わか病める枕辺《まくらべ》近く咲く梅に鶯《うぐいす》なかばうれしけ

むかも
○つくしこはうま人なれや紅《くれない》に染めたる梅を絹傘にせる
梅の花散らはをしけん朝な夕な枕へ去らず目な乏《とも》しめそ
○家の内に風は吹かねとことわりに争ひかねて梅の散るかも
○鉢植の梅はいやしもしかれとも病の床に見らく飽かなく
紅《くれない》のこそめと見えし梅の花さきの盛りは色薄かりけり
ふふめりし梅咲《さき》にけりさけれとも紅の色薄くしなりけり
○春されは梅の花咲く日にうとき我枕への梅も花咲く

枕へに友なき時は鉢植の梅に向ひて歌考へつつ《ひとり伏し居り》

梅の花見るにし飽かず病めりとも手震はすは画にかかましを

京の人より香《におい》菫《すみれ》の一束を贈り来しけるを

玉つきの君か使《つかい》は紫の菫《すみれ》の花を持ちて来しかも

君か手につみし菫の百《もも》菫《すみれ》花紫の一たはねはや

やみてあれは庭さへ見ぬを花菫我手にとりて見らくうれしも

うち日さす都の君の送り来し菫の花はしをれてつきぬ

玉透《たますき》のガラスうつはの水清み香《にお》ひ菫《すみれ》の花よみかへる

わかやとの菫の花に香はあれと君か菫の花に及ばぬ

土かひし君が菫は色に香に野への菫に立《たち》まさりけり

一たひもいまた見なくにわかためにすみれの花をつみし君かも

なくさもるすべもあれとか花菫色あせたれとすてまくをしも

小包を開きて見れは花菫その香にほひてしをれてもあらす

言《ことば》さへくとつ国《くに》種《だね》の花菫其香《そのか》を清み嗅《か》けとあかぬかも

まそ鏡直目《ただめ》に見ねと花菫つみておくりし人し恋しも

　碧梧《へきご》桐《とう》赤羽根につくつくしつみにと再び出てゆくに

赤羽根のつつみに生《お》ふるつくつくしのひにけら

しもつむ人なしに
赤羽根の茅草《ちぐさ》の中のつくつくし老いほうけけり
はむ人なしに
赤羽根にか
日のくれてつみ残したるつくつくし再び往き
ん人つまぬまに
てつみて来にけり
赤羽根のつつみにみつるつくつくし我妹《わぎも》と二人
つめと尽きぬかも
つくつくしひたと生ひける赤羽根にいさ君も往
け道しるへせな
赤はねの汽車行く路《みち》のつくつくし又来む年も往
きてつまなむ
うちなけき物なおもひそ赤羽根の汽車行く路に
つくつくしつめ
痩《や》せし身を肥えんすべもか赤羽根に生ふるつく
つくしつむにしあるべし

つくつくしつみて帰りぬ煮てやくはんひしほと
酢とにひててやくはん
つくつくし長き短き何もかも老いし老いさる何
もかもうまき
つくつくし又つみに来む赤はねの汽車行く路と
人に知らゆな
つくつくし故郷《ふるさと》の野につみしことを思ひいてけ
り異国にして
女等のわりこたつさへつくつくしつみにと出る
春したのしも

みつから病中の像をつくねて

わか心世《よ》にしのこらはあら金《がね》のこの土くれのほ
とりにかあらむ

近江《おうみ》日野なる鈴木ふさ子より寒晒粉《かんざらしこ》を贈りこしければ

近江のやいふきおろしにさらしたる米の粉たひし君し恋しも

〔以下、四丁半（九頁）白紙〕

黒きまでに紫深き葡萄《ぶどう》かな
なり初《そ》めし自家の葡萄を侑《すす》めけり
吹《ふ》き下《おろ》す妙義《みょうぎ》の霧や葡萄園
盆栽の柘榴《ざくろ》実《み》垂れて落ちんとす
蓑《みの》虫《むし》の鳴く時蕃椒《とうがらし》赤し
朝顔の盛《さかり》過ぎたる施《せ》餓《が》鬼《き》かな

男の子一人ほしといふ人に代りて

桃太郎は桃金太郎は何からぞ

女の子ほしといふを

花ならば爪《つめ》くれなゐやおしろいや

年ふけて修学する不幸女一

女郎花《おみなえし》女なからも一人前

吾空類焼《ごくうるいしょう》にかかりて二万巻やきたりとかや

腹中に残る暑さや二万巻

大漁

十ケ村鰮《いわし》くはぬは寺ばかり

日蓮《にちれん》の骨の辛《から》さよ唐辛子

よべここに花火あけたる芒《すすき》哉《かな》

大岩の穴より見ゆる秋の海

朝《あさ》皃《がお》や我に写生の心あり

草花を画《えが》く日課や秋に入る
門川や机洗ふ子五六人
物洗ふ七夕《たなばた》川《がわ》の濁《にご》り哉
洗ひたる机洗ひたる硯《すずり》哉

丁堂和尚《ちょうどうおしょう》より南岳の百花画巻をもらひて朝夕手を放さず

病床の我に露ちる思ひあり

題画《がにだいす》

庭行くや露ちりかかる足の甲

臥病《がびょう》十年

首あげて折〻見るや庭の萩《はぎ》

親《しん》鸞《らん》賛

御《ご》連《れん》枝《し》の末まて秋の錦哉

薩摩知覧《さつまちらん》の提灯《ちょうちん》といふを新圃《しんぽ》にもらふたり

虫取る夜運坐《うんざ》戻りの夜《よ》更《ふけ》など

千里《ちさと》女子写真

桃の如《ごと》く肥えて可愛《かわい》や目口鼻
桃の実に目鼻かきたる如きかな
翡翠《かわせみ》や芙蓉《ふよう》の枝に羽つくろひ
桃売の西瓜《すいか》食ひ居る木陰哉

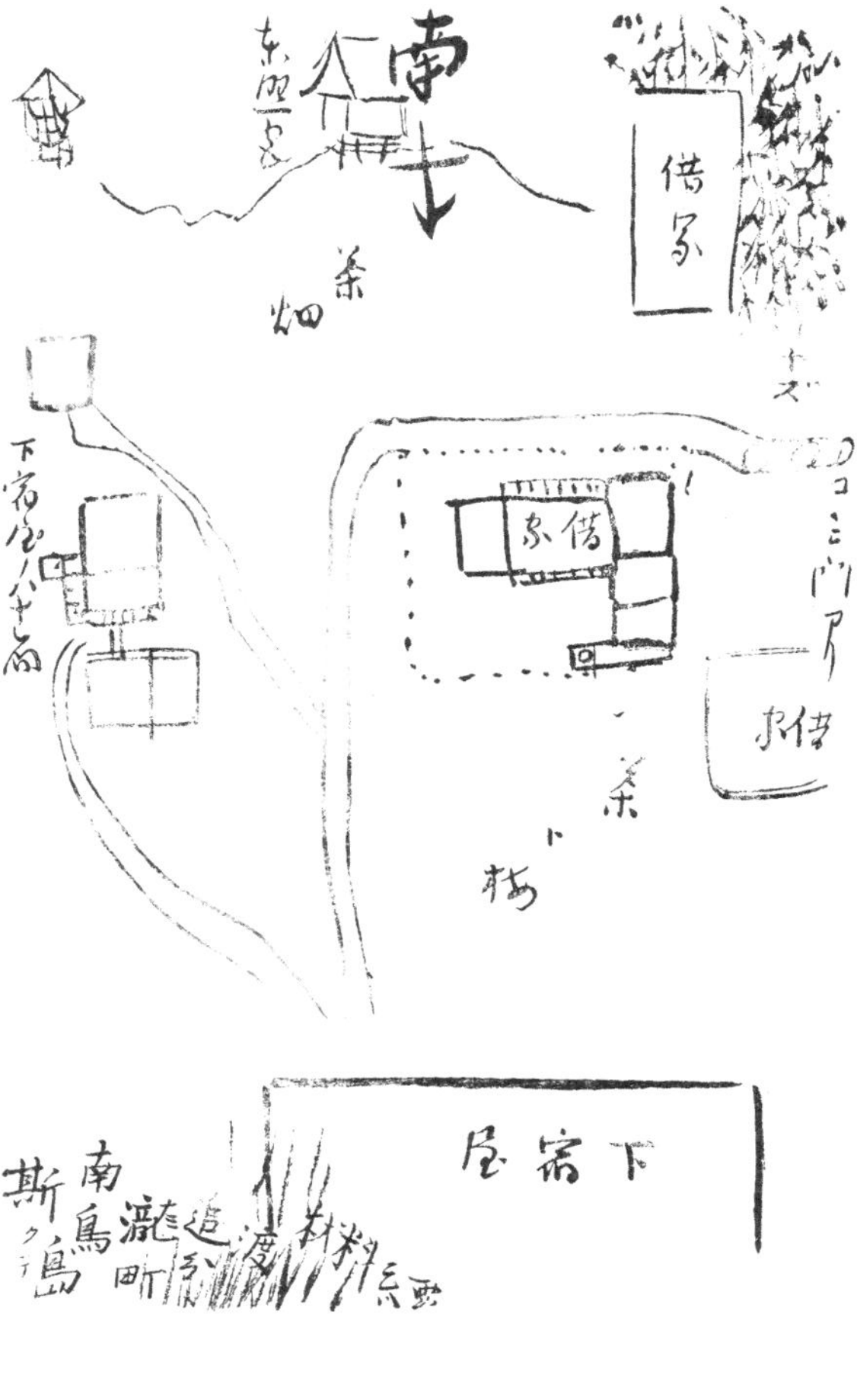

〔かつて子規が下宿した家の見取図（寒川《さんがわ》鼠骨《そこつ》の説による）〕

法然賛

念仏に季はなけれとも藤の花

盆栽の梅早く福寿草遅し

橋十二
四辻やどちら向いても春の月

十二橋
苗代や第一番は善通寺?

猩臙脂《しょうえんじ》に何ませて見ん牡丹《ぼたん》かな

氷屋の軒並べたる納涼《すずみ》哉

弘法《こうぼう》賛

竜を叱《しっ》す其《その》御《おん》唾《つば》や夏の雨

よべここに花火あげたる芒《すすき》かな

日蓮の骨の辛さよ唐辛子

大漁

十ケ村鰮《いわし》くはぬは寺はかり

親鸞《しんらん》賛

御《ご》連《れん》枝《し》の末まで秋の錦かな

伝教《でんぎょう》賛

此《この》杣《そま》や秋を定めて一千年

日蓮賛

鯨つく漁夫ともならで坊主哉

鬼灯《ほおずき》の行列いくつ御命講

西陣

冬《ふゆ》枯《がれ》の中に錦を織る処《ところ》

石《つ》蕗《わ》の花盛りに咲きて寺臭き

角《かく》其《き》晋《しん》

鳶《とび》の香も夕立つ方に腥《なまぐさ》し

明《あ》石《かし》より雷晴れて鮓《すし》の蓋《ふた》

瓜《うり》守《もり》や桂の生《いけ》洲《す》絶えてより

いそのかみ清水なりけり手前橋

虫はむと朽《くち》木《き》の小町干されけり

驥《き》の歩み二万句の蝿《はえ》あふきけり

妾《しょう》か家蛍《ほたる》に小《こ》唄《うた》告けやらん

伊勢にても松《かつ》魚《お》なるへし酒《さか》迎《むかえ》

早《さ》少《おと》女《め》に足洗はする嬉《うれ》しさよ

涼みまて都の空や連《つれ》と金

桐《きり》の花新《しん》渡《と》の鸚《おう》鵡《む》不《もの》言《いわず》

草の戸やいつまて草のかび粽《ちまき》

日も暮《くれ》ぬ人も帰りぬ水雞《くいな》鳴く
凄《すさまじ》哉《や》競馬左右の顔合《かおあわせ》
翌《あす》までと括《くく》りよせけり蚊帳《かや》の破《やれ》
筆のものの忌《き》日《にち》ながらや虫払《むしはらい》
茄子《なすび》ありここ武蔵野《むさしの》の這《は》入《いり》口《くち》
茄子売一夏の僧をおとづるる

召《しょう》　波《は》

夏山や岩あらはれて乱《らん》麻《ま》皴《しゅん》

○畑もあり百合《ゆり》など咲いて島ゆたか
○一列に十本ばかりゆりの花
○鄙《ひな》の様家南向いてゆりの花
百姓の麦打つ庭やゆりの花
伸び足らぬ百合に大きな蕾《つぼみ》かな
○姫百合や日本の女丈《たけ》低し
○百合の花田舎臭きを好むなり《愛すかな》
百姓の土塀《どべい》に沿ふて百合の花
○百合持つて来たる田舎の使《つかい》かな
○宣教師の妻君百合を好みけり
花売の親爺《おやじ》に問へば鉄砲百合
○姫百合や余り短き筒の中
○六尺の百合三尺の土塀かな
○用ありて在所へ行けば百合の花

小照《しょうしょう》自題

蝸牛《ででむし》の頭もたけしにも似たり

病中作

活《い》きた目をつつきに来るか蝿《はえ》の声 飛ぶ

謡曲熊坂

盗人の昼も出るてふ夏野かな

みしか夜や金商人の高いびき

（この二首去年の作）

夏草や吉次をねらふ小盗人

夏の月大《おお》長《なぎ》刀《なた》の光哉

選挙競争

鹿を逐《お》ふ夏野の夢路草茂る

すすしさの皆打扮《いでたち》や袴《はかま》能《のう》

風《ふう》板《ばん》引け鉢植の花散る程に

この日寒暑不定　折柄淡雪《あわゆき》といふ菓子をもらひて即事

湯婆《たんぽ》踏《ふん》で淡雪かむや今土用

芋虫や女をおどす悪太郎

生きかへるなかれと毛虫ふみつけぬ

毛虫殺す毛虫きらひの男哉

新川の酒腐りけり鮓《すし》の蓼《たで》

ラムネ屋も此頃出来て別荘地

夏夜　明け易《やすし》　暑さ　涼しさ　炎天　五月晴

薫風《くんぷう》　夏月　卯花下し《うのはなくだし》　五月雨《さみだれ》　夕立　雲の峯《みね》　青嵐

清水　夏山　夏埜《なつの》　夏川

扇　団扇《うちわ》　蚊帳《かや》　蚊遣《かやり》　昼寝《ひるね》　真菰刈《まこもかり》

田植　端午　幟《のぼり》　祭　祇園会《ぎおんえ》　葵祭《あおいまつり》　行水　泳　納涼　鵜飼《うかい》　夏籠《げごもり》 夏書《げがき》　更衣《ころもがえ》　袷《あわせ》

掛香《かけこう》　夏羽織　灌仏《かんぶつ》　日傘　御祓《みそぎ》　鮓《すし》　新茶　葛水《くずみず》　氷室《ひむろ》　氷水　粽《ちまき》　はつたい

煮酒

若葉 茂　常《とき》は木落葉　葉柳

橘《たちばな》　楞《おうち》　栗花《くりのはな》　石榴花《ざくろのはな》　椎花《しいのはな》　桐花《きりのはな》　卯《う》の花

夏橙《なつだいだい》　林檎《りんご》　いちご　梅実《うめのみ》　ゆすら梅　杏《あんず》　李《すもも》　バナナ

けし　美人草　蓮花《はすのはな》　花菖蒲《はなしょうぶ》　杜若《かきつばた》　河骨《こうほね》　藻花《ものはな》　昼皃《ひるがお》　夕皃　百合《ゆり》　牡丹《ぼたん》　薔薇《ばら》
茨《いばら》
苔花《こけのはな》　夏草　艸茂《くさしげる》　蓮葉《はちすば》　筍《たけのこ》　若竹　竹落葉
茄子《なす》　胡瓜《きゅうり》　瓜《うり》　麦　早苗《さなえ》　麻
時鳥《ほととぎす》　かつこー　蝙蝠《かわほり》　雨蛙《あまがえる》　蟇《がま》　行〻子《ぎょうぎょうし》　翡翠《かわせみ》　松魚《かつお》　鮎《あゆ》　蝸牛《ででむし》　なめくじり
蛍　蚊《か》　蟬《せみ》　蠅《はえ》　蚋《ぶと》　火取虫　蚤《のみ》　孑子《ぼうふら》　水馬《あめんぼう》　豉虫《まいまい》

浴衣《ゆかた》著《き》て田舎の夜店見に行きぬ
夜店なる安夏帽や買ひがてぬ
夏の月京は夜店の灯《ともし》かな
〔抹消　蚊遣粉《かやりこ》の夜店に人のつどひけり〕
言《こと》巧《ばたくみ》に蚤《のみ》取《とり》粉《こ》売る夜店かな
〔抹消　京は夜店されど牡丹《ぼたん》は売らぬなり〕
〔抹消　夏休み夜店に土産《みやげ》ととのへて〕
坂本は夏菊少《すこ》し夜店かな
〔抹消　夏帽を欺かれけり夜店物〕
暑き日の暮れて著《つ》く町の夜店かな
氷屋の夜店出したる始めかな
腐りたる松魚《かつお》を照《てら》す夜店かな
夜店出て鄙町《ひなまち》夏をにぎはひぬ
閑《かん》子《こ》鳥《どり》三個の秘事は伝《でん》絶えぬ

やぶ入の小僧の群や夏芝居
はつたいや褒姒《ほうじ》笑はぬこと五年
夏野行く人や天狗《てんぐ》の面を負ふ
背に負へる天狗の面や木《こ》下《した》闇《やみ》
遠くから見えし此《この》松《まつ》氷茶屋
○鎌倉は堅魚《かつお》もなくて小《こ》鯵《あじ》かな
○暁の第一声や松魚《かつお》売《うり》
力入れて蚤《のみ》の卵をつぶしけり
蚤共に卵つぶるる音高し
豆よりも細き灯《ともし》や蓮《はす》の亭
○若《わか》楓《かえで》築《つき》山《やま》の亭荒《あれ》にけり
○草花を圧する木々の茂りかな

○天狗住んで斧《おの》入らしめず木の茂り
○植木屋は来《きた》らず庭の茂りかな
　翡翠《かわせみ》を隠す柳の茂りかな
○日光は杉茂り箔《はく》の光かな
○椎《しい》の木の茂りて見えぬ上野かな
○市中の山の茂りや煉《れん》瓦《が》塔《とう》
○人住まぬ湖中の島の茂《しげり》かな
○一老樹這《はい》枝《え》茂りて下に茶《ちゃ》店《や》
　金《こん》ぴらの社《やしろ》をかくす茂かな

○辛《から》崎《さき》の松は枯《片》れつつ《かれ》茂《片》りつつ《茂り》
○蓬《ほう》萊《らい》の松の茂りや鶴《つる》百羽
　八方へ茂り広がる松に杖《つえ》
○墓の木は茂りぬ玉や腐るらん
　楓《かえで》茂り桜茂りて寺暗し

○目印の喬《きょう》木《ぼく》茂る小《こ》村《むら》かな
○釣《つり》床《どこ》に夕日漏《も》り来る茂りかな
○柱にもならで茂りぬ五百年
○門を入りて木々の茂りや家遠し
○ところところ鹿の顔出す茂りかな
○八方へ茂れる松や杖百本
松の茂りや

棉《めん》花《か》

○海近くなりぬ帆見えて棉の花
帆の大きさよ
○此《この》浜《はま》や此頃埋めて棉の花

草市

草市や雨に濡《ぬ》れたる蓮《はす》の花
○草市の草の匂《にお》ひや広小路

箒木《苕草》

鎌丸は箒《ははき》木《ぎ》の舎《や》と名のりけり
○箒木の舎は鎌丸の舎号かな
○箒木の四五本同じ形かな

六月会

蟬《せみ》
山深く見馴《みな》れぬ花や蟬も鳴かず
○あながまの声や手の蟬袖《そで》の蟬

舟遊
網の舟料理の舟や舟遊び
○舟遊び愛宕《あたご》の塔を右に見て

翡翠《かわせみ》
御《お》庭《にわ》池《いけ》川せみ去つて鷺《さぎ》来《きた》る
○川蟬の魚を覗《うかが》ふ柳かな

掛香《かけこう》
掛香や紅《べに》粉《に》やくさぐさ京土産《きょうみやげ》
○掛香を人にくれけり後家の君

蟬始めて鳴く鮠《はえ》釣る頃の水絵空
梅雨晴《つゆばれ》や蜩《ひぐらし》鳴くと書く日記
腸《はらわた》の塵《ちり》を洗はん沖《おき》鱠《なます》
沖鱠都の鯛《たい》のくさり時《どき》
盆栽に水やり時や蟇《ひきがえる》

刈残す一《ひと》畝《せ》の桑や夏《なつ》蚕《がいこ》

真黒な毛虫の糞《ふん》や散《ちり》松《まつ》葉《ば》

カナリヤの卵腐りぬ五《さ》月《つき》晴《ばれ》

薔《ば》薇《ら》を剪《き》る鋏《はさみ》刀の音や五月晴

川せみの魚銜《ふく》み去る夕日かな

川せみのねらひ誤る濁《にごり》かな

川せみの来《きた》る柳を愛すかな

川せみや池を遶《めぐ》りて皆柳

川せみの来ぬ日柳の嵐かな

川せみも鷺《さぎ》も来て居る柳哉《かな》

柳伐《きっ》て川せみ魚を取らずなりぬ

遂に来ずなりぬ

川せみの足場をえらぶ柳哉

川せみの去て柳の夕日哉

川せみの飛《とん》でしまひし柳かな

無事庵遺《あんい》子《し》木公《もっこう》来る

鳥の子の飛ふ時親はなかりけり

芍薬《しゃくやく》を画いて

芍薬の衰へて在り枕もと

芍薬を画く牡《ぼ》丹《たん》に似も似ずも

垂釣雑詠《すいちょうざつえい》

夜《や》涼《りょう》如水《みずのごとし》三《さ》味《み》弾《ひ》きやめて下り舟

驟雨《しゅうう》欲来《きたらんとほっす》五尺の百合《ゆり》を吹く嵐

修《しゅう》竹《ちく》千《せん》竿《かん》灯《ひ》漏《も》れて碁の音涼し

薫《くん》風《ぷう》吹レ袖《そでをふき》釣《つり》竿《ざお》担《かつ》ぐ者は我

若葉青葉魚のぞきつつ遡《さかのぼ》る

魚《し》釣るるへき枝流れ

鮎《あゆ》釣らんか如かずドンコを釣らんには

蘆《あし》茂る水清うして魚居《お》らず
芭《ば》蕉《しょう》

破《やれ》団扇《うちわ》夏も一炉の備《そなえ》哉《かな》
キ角

粛《しゅく》山《ざん》のお相手暑し昼一斗
去来

柿《かき》の花散るや仕官の暇《いとま》なき
蕪《ぶ》村《そん》

〔抹消　手すさひの団扇画芭蕉キ角など〕

団扇二つ角と雪とを画《えが》きけり
太《たい》祇《ぎ》

俳諧の仏千句の安《あん》居《ご》哉
召《しょう》波《は》

村と話す維《これ》駒《こま》団扇取つて傍《かたわら》に

丈《じょう》草《そう》

青嵐去来や来ると門《かど》に立つ

几《き》董《とう》

李《り》斯《し》伝《でん》を風吹きかへす昼《ひる》寐《ね》かな

智月

義《ぎ》仲《ちゅう》寺《じ》へ乙《おと》州《くに》つれて夏《げ》花《ばな》摘《つみ》

園《その》女《じょ》

罌《け》粟《し》さくや尋ねあてたる智月庵

惟《い》然《ぜん》

昼蚊《か》帳《や》に乞《こ》食《じき》と見れは惟然坊

鬼《おに》貫《つら》

酒を煮る男も弟子の発《ほっ》句《く》よみ

陸前石巻《いしのまき》より大鯛《おおだい》三枚氷につめて贈りこしけれは

三尺の鯛生きてあり夏氷

三尺の鯛や蠅《はえ》飛ふ台所

虚子《きょし》一女一男の写真

筍《たけのこ》哉《や》虞《ぐ》美《び》人《じん》草《そう》の蕾《つぼみ》哉《かな》

渡辺某に似《しめ》す

南《かぼ》瓜《ちゃ》の賦《ふ》茄《な》子《すび》の篇や村《そん》夫《ぷう》子《し》

写生帖の後に数句あり

寄香墨《こうぼくによす》

相別れてバナナ熟する事三度

読吉野紀行《よしのきこうをよむ》

○六《む》田《た》越えて桜に近し花に急《ぐ》ぐや一の坂

○吉野山第一本の桜哉

○花の山足踏み鳴らす登り口
両側の《見えて》桜咲きけり登り口
○花見つつ吉野の町に入りにけり
○花の山蔵《ざ》王《おう》権《ごん》現《げん》静まりぬ
花に来て芳雲館に昼《ひる》餉《げ》哉《かな》
○指ざすや花の木の間の如《にょ》意《い》輪《りん》寺《じ》
○案《あ》内《ない》者《しゃ》の楠《くすのき》語る花見かな
花の宿くたびれ足を按《あん》摩《ま》哉
○西行庵花も桜もなかりけり
西行の飯たく《自炊の》跡や春の山
○千本が一時に落花する夜あらん
水分《みくまり》の神が霧ふく桜哉
○案内者も紳士も《我等も》濡《ぬ》れて花の雨
○南朝の恨《うらみ》を残す桜かな

殺生石《せっしょうせき》 謡曲

殺生石の空はるかなる帰《き》雁《がん》かな

石にそふ狐《きつね》の跡や別《わか》れ霜《じも》

初《はつ》雷《らい》やはしめて落しわらは病《やみ》

虫穴を出て殺生石に魂《たま》もなし

玉虫の穴を出たる光哉

春殿に玉藻の前の光かな

化《ばけ》物《もの》の名所へ来たり春の雨

三《み》浦《うら》の介《すけ》上総《かずさ》の介や泊り山

陽炎《かげろう》や石の魂猶《なお》死なず

無事庵追悼

時鳥《ほととぎす》辞世の一句なかりしや

夏草にまだ見ぬ人の行《ゆく》へ哉

叔父の欧羅巴《ヨーロッパ》へ赴かるるに笹《ささ》の雪《ゆき》を贈りて

春惜む宿や日本の豆腐汁

里人は土筆《つくし》も食はず蓬《よもぎ》摘《つみ》
蓬つむや鶯《うぐいす》遅き蜑《あま》か里
おくればせに蓬摘むなり彼岸過
学校へ行かぬ子達か蓬摘

送別

君を送る狗《えの》ころ柳《やなぎ》散る頃に

母の花見に行き玉へるに

たらちねの花見の留守や時計見る
春の海鯛《たい》も金《こん》毘《ぴ》羅《ら》参り哉《かな》

律土筆《つくし》取《とり》にさそはれて行けるに

看病や土筆摘むのも何年目

病床を三里はなれて土筆取

茶器どもを獺《うそ》の祭の並べ方

獺《かわうそ》の祭を画《えが》く意匠かな

寒食や庚《こう》申《しん》堂《どう》の線《せん》香《こ》立《たて》

寒食の村を過《すぎ》行《ゆく》飛脚かな

つつじまだ咲かで淋《さび》しき園《その》生《う》哉《かな》

悼蘇山人《そさんじんをいたむ》

陽炎《かげろう》や日本の土に殯《かりもがり》

蝶《ちょう》飛《とぶ》や蘇山人の魂《たま》遊ぶらん

蒲公英《たんぽぽ》やボールころげて通りけり

剝《はく》製《せい》の雉《きじ》蒲公英の造り花

蒲公英や細工にすべき花の形《かた》

盆栽紅梅

紅梅の鉢や寐《ね》て見る置《おき》処《どころ》

火を焚《た》かぬ煖《だん》炉《ろ》の下や梅の鉢

紅梅や平安朝の女だち

紅梅に中《ちゅう》日《にち》過《すぎ》し彼岸哉《かな》

紅梅の落花をつまむ畳哉

紅梅の散りぬ淋しき枕元

牡《ぼ》丹《た》餅《もち》の使《つかい》行き逢ふ彼岸かな

春《しゅん》水《すい》や囲ひ分けたる金魚の子

春の水都《みやこ》に入りて濁りけり

下《しもうさ》総の国の低さよ春の水

春の日や時計屋に立つ田《い》舎《なか》人《びと》

春の日や賞《しょう》牌《はい》胸に美少年

春の日の御《ご》願《がん》ほどきもついでかな

のどかさに昼《ひる》餉《げ》も食はで歩きけり　類句ありしか

名物の餅《もち》を搗《つ》き居るのどかさよ

のどかさや案《あ》内《ない》者《しゃ》つれし田舎者

闇《やみ》を出て朧《おぼろ》に人の影二つ

朧夜の眼薬買ひに薬師道

路次口を出《い》でて朧の大路かな

朧夜の端《は》唄《うた》を歌ふ往来かな

見返れば住吉の灯《ひ》の朧なる

篷《とま》あげて見る両岸の朧かな　人家朧に下り舟

朧月狐《きつね》に魚を取られけり

朧野や朧を破る藁《わら》砧《ぎぬた》

朧灯を見ながら歩《あ》行《る》く疲れ足　夜や遠灯見ながら

幽霊の如《ごと》き東《とう》寺《じ》や朧《おぼろ》月《づき》
大仏の目には吾《われ》等《ら》も朧かな
取り残す棚の糸《へ》瓜《ちま》やおぼろ月
話しながら土手の上行く人朧
末遂《と》げぬ恋の始《はじめ》やおぼろなる
背の高き人彳めり朧陰
に逢ひける朧哉
遠くとも近くとも見えて灯《ひ》朧《おぼろ》

馬の灸《きゅう》の張《はり》紙《がみ》出たり摩《ま》耶《や》参《まいり》
今流《は》行《や》る馬の病や摩耶参
馬かざる心やさしや摩耶参

東《こ》風《ち》吹くや船の寄る待つ離れ島
夕《ゆう》東《こ》風《ち》や火をともしたる漁《いさり》舟《ぶね》

蝶々や駅《うまや》々《うまや》の子守歌

蝶の羽に霜置く夜半や冴《さ》え返る

蝶飛ぶやアダムもイヴも裸也

虎杖《いたどり》も蕨《わらび》も伸びぬ山の様

馬の歯にやはらかき萩の若葉かな《萩の若葉のやはらかき》

宮城野のま萩《はぎ》の若葉馬や喰ひし

うれしきかなと蕎《そ》麦《ば》ふるまひぬ店卸《たなおろし》

捕へたる孕《はらみ》雀《すずめ》を放ちけり

つり上げし魚の光や暖き

春を湛ふ《日の永き言の永き》《春や今》浜《はま》荻《おぎ》筆の穂の長き（雑誌祝）

蚕飼する国や仏の善光寺

春の山女《め》夫《おと》の神を祀《まつ》りけり
茶屋ありて夫婦餅《もち》売る春の山
土佐か画の人《ひと》丸《まろ》兀《は》げし忌日かな
橘《たちばな》の曙《あけ》覧《み》の庵《いお》や人丸忌
貝《かい》寄《よせ》の風《かぜ》敷《しき》波の汀《みぎわ》かな
にかくよる《ただよふ》玉藻かな

転居して椿《つばき》咲く庭梅ちる戸
家越して椿の蕾《つぼみ》うれしかり
江《え》戸《ど》詰《づめ》も已《すで》に久しや蜆《しじみ》汁《じる》
落花流水草芳《かんば》しき裾《すそ》模《も》様《よう》
鶴《つる》引くや蓬《ほう》莱《らい》の松遠《とお》霞《がすみ》
雪解けて熊来ずなりし孤《こ》村《そん》かな
鬚《ひげ》剃《そ》るや上野の鐘の霞《かす》む日に
残《ざん》雪《せつ》に雞《にわとり》白き余《よ》寒《かん》かな

杉菜多き堤に出たり土筆狩
家を出て根岸田圃の杉菜かな
山焼いて十日の市や初《はつ》蕨《わらび》
水取や杉の梢《こずえ》の天《てん》狗《ぐ》星《ぼし》

移居十首

手水《ちょうず》鉢《ばち》八《やつ》手《で》の花に位置をとる
庭石や霜に鳥なく藪《やぶ》柑《こう》子《じ》
北窓に春まつ梅の老《おい》木《き》哉《かな》
蓬《ほう》萊《らい》も家《や》越《ごし》車《ぐるま》や松の内
新宅は神も祭らで冬《ふゆ》籠《ごもり》
鮟《あん》鱇《こう》鍋《なべ》河《ふ》豚《ぐ》の苦説もなかりけり
かせ引の妻よ夫よ玉子酒
貧をかこつ隣同士の寒《かん》鴉《がらす》
軸の前支那水仙の鉢もなし
琴箱のうらは藪也ささ鳴《なき》す

明治卅《さんじゅうご》五年一月

碧梧桐《へきごとう》兄　一粲《いっさん》

病床口吟

室外

蕾《つぼみ》つく梅の苗木や霜柱

朝霜に青き物なき小庭哉《かな》

枯尽くす糸瓜《へちま》の棚の氷柱《つらら》哉

隣住む貧士に餅《もち》を分ちけり

清潭《せいたん》の居る山寒し獅子《しし》の声

烏帽子《えぼし》着よふいこ祭のある振《ぶり》

室内

〔抹消　朝霜や大仏殿の鼻柱〕

蓋《ふた》取つて消息いかにあんこ鍋

薬のむあとの蜜柑《みかん》や寒の内

煖炉《だんろ》たく部屋暖《あたたか》にふく寿草

繭玉《まゆだま》や仰向《あおむけ》にねて一人見る

病床やおもちや併《なら》へて冬籠《ふゆごもり》
解《げ》しかぬる碧《へき》巌《がん》集《しゅう》や雑《ぞう》煮《に》腹《ばら》

一番町廿七番
井伊屋敷下
谷こーし

〔以下、切抜きがいくつも貼り付けてある〕

顕微鏡にて見たる澱粉《でんぷん》の形状

顕微鏡にて見たる澱粉の形状

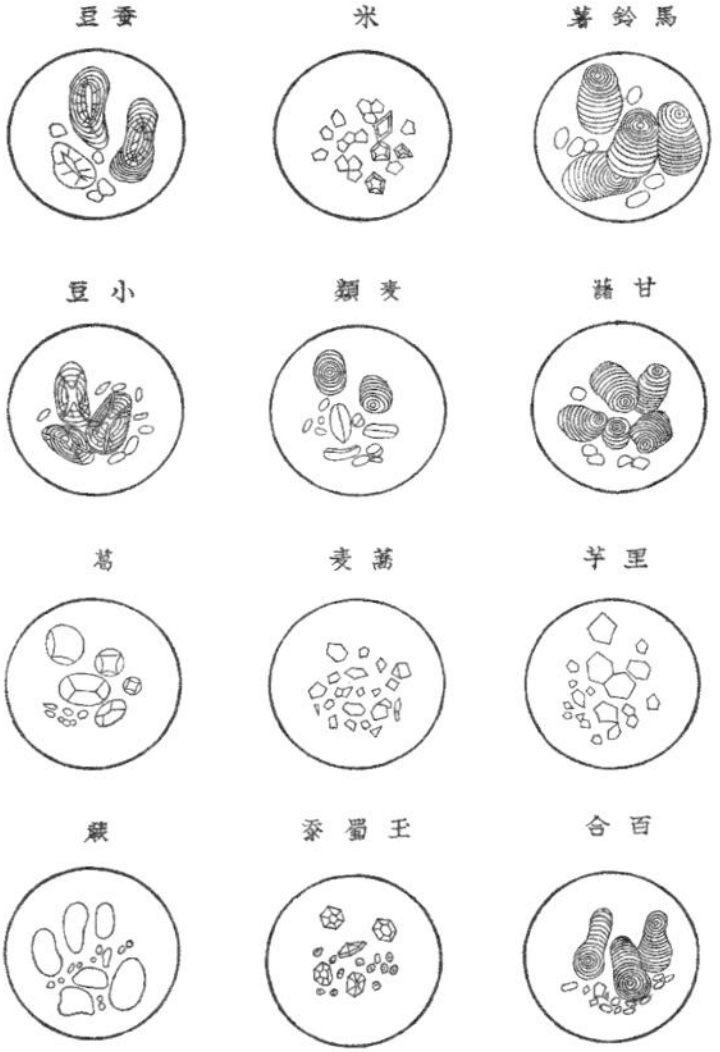

澱粉

澱粉

解説

復本一郎

子規の、今日《こんにち》見ることのできる千百十余通の手紙の中でも、読む者をして涕涙《ているい》、感銘させずにはおかない屈指の手紙の一つが明治三十四年(一九〇一)十一月六日の夜に認《したた》められたロンドン滞在中の夏目漱石宛の手紙であろう。「僕ハモーダメニナッテシマッタ」とはじまる。手紙の末尾は、

僕ノ日記ニハ「古白曰来」ノ四字ガ特書シテアル処《ところ》ガアル。書キタイコトハ多イガ苦シイカラ許シテクレ玉へ。

と結ばれている。この「日記」とは、明治三十四年九月二日から書き始められた『仰

臥漫録』の十月十三日の条の「自殺熱」についての記述を指している。古白は、明治二十八年(一八九五)四月十二日、拳銃自殺した従弟《いとこ》の藤野古白《ふじのこはく》のこと。その古白が冥府から子規を招くというのである。日記には、その前後のことが詳しく記されている。子規の意識の中では、『仰臥漫録』は、徹頭徹尾、日記である。例えば、九月九日の条の食事の記録に(食事の記録は、ほぼ毎日、朝昼夕、それに間食が記されている)「午《ひる》粟飯の粥《かゆ》四碗《わん》」と記し、

　　粟飯の四椀《わん》と書きし日記かな

の句を書き付けていることによっても、その一端が窺われよう。このように、しばしば俳句作品も記されているので、句日記と呼んでもよいかもしれない。

閑話休題、先のごとき内容の子規の手紙を受け取った漱石は、子規の死後、明治三十九年(一九〇六)十一月四日刊の『吾輩ハ猫デアル　中編』(大倉書店・服部書店)の「序」において、子規の手紙を丸ごと引用紹介し、その後で、

　　子規は死ぬ時に糸瓜《へちま》の句を咏《よ》んで死んだ男である。だから世人は子規の忌日を糸

瓜忌と称へ、子規自身の事を糸瓜仏となづけて居る。余が十余年前子規と共に俳句を作つた時に

　長けれど何の糸瓜とさがりけり

と云《い》ふ句をふら〳〵と得た事がある。

と記している。漱石言うところの「子規は死ぬ時に糸瓜の句を咏んで死んだ男である」とは、死の前日、明治三十五年(一九〇二)九月十八日に詠《よ》んだ辞世の三句、

　糸瓜咲《さい》て痰《たん》のつまりし仏かな
　痰一斗糸瓜の水も間にあはず
　をと、ひのへちまの水も取らざりき

を念頭に置いての発言である。この三句によって、漱石が言っているように、子規の忌日は、糸瓜忌と呼ばれ、子規自身のことは、時に糸瓜仏と呼ばれたりしている。

かく、子規を象徴するがごとき「糸瓜」であるが、東京市下谷区上根岸町八十二番地の子規庵の庭に糸瓜棚が設《しつら》えられたのは、意外に遅い。子規の随筆『墨汁一滴』の

明治三十四年(一九〇一)六月十二日の条に、

植木屋二人来て病室の前に高き棚を作る。日おさへの役は糸瓜殿夕顔殿に頼むつもり。

と見える。目的は、虚子の提供によって設えられた六畳の病室の硝子《ガラス》窓(明治三十二年十二月十日ごろ設置)の「日おさへ」。糸瓜に限らず、夕顔、瓢《ふくべ》等、色々な蔓性《つるせい》のものが植えられたようである。が、子規は、その中でも、とりわけ糸瓜に惹《ひ》かれたようである。

そこで、『仰臥漫録』である。子規自ら言うごとく、『仰臥漫録』は「日記」である。期間は、明治三十四年(一九〇一)九月二日より十月二十九日まで。そして、少し間があって、明治三十五年(一九〇二)三月十日より十二日までの三日間。これに加えて六月二十日から七月二十九日までの「痲痺《まひ》剤《ざい》服用日記」が加わる。他に折に触れての絵画(中には彩色画もある)、短歌、俳句などが書き付けられている。

開巻、明治三十四年九月二日の条には、

庭前の景は棚に取付《とりつい》てぶら下りたるもの夕顔二、三本瓢《ふくべ》二、三本糸瓜四、五本夕顔とも瓢ともつかぬ巾着形《きんちゃくがた》の者四つ五つ

と記され、素描画が添えられている。「棚」は、六月十二日に植木屋によって設えられたものである。その棚に蔓物である植物の夕顔や瓢や糸瓜等の種を蒔《ま》いたのが、植木屋であったのか、家人(母・妹)であったのかは、定かでない。

これら蔓物の中で、先の辞世三句に繋《つな》がる、漱石も大きな関心を示した「糸瓜」に注目してみたい。『仰臥漫録』の主調が「糸瓜」にあると見られるからである。その流れの中に辞世句三句があると見てよいであろう。辞世三句が、死の前日、子規の中で、忽然《こつぜん》と湧《わ》き出したということではなかったのである。二日の条の糸瓜句を掲げてみる。

夕皃《ゆうがお》も糸瓜も同し棚子同士《たなこどし》
夕皃の棚に糸瓜も下りけり

棚一つ夕㒵ふくべへちまなんど
　病床のながめ
棚の糸瓜思ふ処《ところ》へぶら下る
糸瓜ぶらり夕顔だらり秋の風
病間に糸瓜の句など作りける

子規の「糸瓜好き」をかい間見ることができよう。九月五日には、一句。

夕顔と糸瓜残暑と新涼と

九月七日には、糸瓜の素描画と彩色画、各一葉。九月九日には、

栗飯や糸瓜の花の黄なるあり
主《あるじ》病む糸瓜の宿や栗の飯
糸瓜には可も不可もなき残暑かな
牡丹《ぼたん》にも死なず瓜《うり》にも糸瓜にも
秋の灯《ひ》の糸瓜の尻《しり》に映りけり

の五句。上根岸町八十二番地の子規の寓居を自ら「主病む糸瓜の宿」と呼んでいるところ、子規らしく面白い。九月十二日には、

病閑に糸瓜の花の落つる昼

の一句を書き付けている。枝豆を食べることに夢中になっている九月十三日には、

枝豆や月は糸瓜の棚に在り
秋風や糸瓜の花を吹き落す

の二句。子規は、病室の前の棚を「糸瓜の棚」と呼んでいる。九月十九日には、

黙然《もくねん》と糸瓜のさがる庭の秋

の句を書き付けている。九月二十一日は、前日に続いて、妹律《りつ》批判に終始しているが、その中の、

草木《そうもく》国土悉皆《しっかい》成仏
糸瓜さへ仏になるぞ後《おく》るるな
成仏や夕顔の顔へちまの屁《へ》

の二句が、大いに気になるところである。隠喩としての「糸瓜」は、律か、はたまた子規自身か。九月二十四日には、

西へまはる秋の日影や糸瓜棚

の一句。例の「棚」は、「糸瓜棚」に定着している。「糸瓜」の効用として痰の除去を掲げるのは、江戸時代の人見必大《ひとみひつだい》の『本朝食鑑』(元禄十年刊)であるが、子規は、九月二十七日の条で、面白いエピソードを紹介している。

浄名院《じょうみょういん》(上野の律院)に出入る人多く皆糸瓜を携へたりとの話、糸瓜は咳《せき》の薬に利くとかにてお咒《まじない》でもしてもらふならん　けだし八月十五日に限るなり

浄名院は、下谷区上野桜木町にあり、寛永寺三十六坊の一。子規の紹介するエピソードは口碑によるか。子規の「糸瓜」への関心の大きさが、かく記録せしめたのであろう。ちなみに若月紫蘭著『東京年中行事』(明治四十四年十二月、春陽堂刊)は、本所大徳院の八朔《はっさく》の糸瓜加持を紹介している。

続けて見ていくと、九月三十日の条では、「病室前の糸瓜棚　臥《ふ》して見る所」として、見事な彩色画が描かれ、

雞頭《けいとう》や糸瓜や庵《いお》は貧ならず

の一句が示されている。そして十月三日の条には「糸瓜棚の上を飛ぶ蝶《ちょう》・蜂《はち》・虻《あぶ》」の素描画が示されている。

以上見てきたごとく「糸瓜」への親昵《しんじつ》の思いが、子規の中に揺曳《ようえい》していてこその辞世の「糸瓜」三句と見てよいのではなかろうか。やや妙な言い方が許されるならば、『仰臥漫録』中の「糸瓜」に触れての条々は、絵画も含めて、絶筆三句への助走のごときものと言えるかもしれない。子規の中で馴れ親しんだ糸瓜であったからこその惜別の思いを振り絞っての、糸瓜への呼び掛けの三句、と言えないこともないであろう。

日記としての『仰臥漫録』について見る時には、やはり妹律に言及しての記述に触れておかねばなるまい。第三者に見られることのない日記ゆえに、その記述は実に屈託がない。例えば、家人によって用意される三度の食事に対しても、時に「総《すべ》て旨《うま》からず」と書き、時に「佃煮《つくだに》不足」と、本音を吐露する。便通についても隠すことなく、平然と記している。例えば、「朝繃帯《ほうたい》かへ便通あること例の如《ごと》し」と書いたかと思えば、「便通間にあはず」などとも書く。さらに、もっとあからさまに、

男女の来客ありし故この際に例の便通を催しては不都合いふべからざる者あるを以《もっ》て余は終始安き心もなかりしが終《つい》にこらえおほせたり　夜九時過衆客皆散じて後直《ただち》に便通あり　山の如し

などと記している(十月廿三《にじゅうさん》日)。子規にしてみれば、ハラハラドキドキ、脂汗をにじませての数刻であったろうが、「山の如し」などと告白されると、どこか笑いを誘われるから不思議である。こんな調子で、何でも隠すことなく綴《つづ》っている。少し前後するが、九月三十日、日本新聞社より月給四十円が届けられたことをきっかけに、自

らのこれまでの月給を振り返って、左のごとく明かしている。誰が、こんなことをしようか。誰も見る心配のない日記だからこそ、ふとそんな気持になったのであろう。

明治廿五年十二月入社月給十五円。廿六年一月より二十円　廿七年初《はじめ》新聞『小日本』を起しこれに関することとなりこれより卅《さんじゅう》円　同年七月『小日本』廃刊『日本』の方へ帰る　同様卅一年初四十円に増す　この時は物価騰貴のため社員総《すべ》て増したるなり

この記述の後で長い文章が続くのであるが、その中の左の一節などは、子規の切ない胸中が、読者に迫ってくる。あまりにも真っ正直な告白であり、できれば秘しておきたかった部分であろう。

でも、見られる心配はない。

家族を迎へて三人にて二十円の月給をもらひしときは金の不足するはいふまでもなく故郷へ手紙やりて助力を乞《こ》へば自力せよと伯父に叱《しか》られさりとて日本新聞社

を去りて他の下らぬ奴にお辞誼《じぎ》して多くの金をもらはんの意は毫《ごう》もなく余はあるとき雪のふる夜社よりの帰りがけお成道《なりみち》を歩行《ある》きながら蝦蟇口《がまぐち》に一銭の残りさへなきことを思ふて泣きたい事もありき

かといって、ひたすら秘匿しておきたいという様子でもなく、どこか読者に語ってみたいといった思いも感じられなくもない。子規の中でも微妙に揺れていたのかもしれない。日記的随筆たるゆえんであろう。

が、九月二十日、二十一日と二日にわたっての妹律の人物描写などは、絶対に公《おおやけ》にされたくない部分であったろう。まさしく日記である。

九月二十日の条の後半、子規は思い切ったように、

律は理窟《りくつ》づめの女なり　同感同情のなき木石《ぼくせき》の如き女なり　義務的に病人を介抱することはすれども同情的に病人を慰むることなし

と綴っていく。これでも、まだ溜飲《りゅういん》が下がらない。翌二十一日も続けて「律は強情な

り　人間に向つて冷淡なり」と書き始める。が、自制するかのごとくに、途中、俳句四句を書き付ける。その中の二句は、先に紹介した「糸瓜」の句、二句、

草木国土悉皆成仏

糸瓜さへ仏になるぞ後るるな

成仏や夕顔の顔へちまの屁

である。この二句、ひょっとしたら律に向けられてのものだったかもしれない。なぜなら、子規は、さらに続けて、

彼は癇癪持《かんしやくもち》なり　強情なり　気が利かぬなり

と綴っていくからである。これでは、日々看護、介護に明け暮れる律にとっては、たまったものではない。子規も、そのことはよくわかっていたのである。後日、明治三十五年(一九〇二)七月十六日付で「日本新聞」に掲載した『病牀六尺』の中では、一般的看護、介護論として、

家族の女どもが看護が下手であるといふと、病人は腹立てたり、痼癪を起したり、大声で怒鳴りつけたりせねばならぬやうになるので、普通の病苦の上に、更に余計な苦痛を添へるわけになる。

と記し「女子の教育」論、「家庭の教育」論、「病気の介抱」論へと発展させていくからである。

右の「律」論はともかくとして、『仰臥漫録』の内容全体が、すこぶる興味深い。そこで虚子《きょし》は、明治三十四年(一九〇一)九月二十日発行の「ホトトギス」第四巻第十二号の「消息」欄において「行く〱は本誌に掲載の栄を得べく候」と報じたのであった。ところが、これが子規の目に触れたのであった。子規は激怒、虚子をいたく叱《しっ》責《せき》したようである。その理由を虚子は、十月三十日発行「ホトトギス」第五巻第一号の「消息」欄に左のごとく記している。

仰臥漫録はすこしも情をためず何も彼《か》もしるしつゝあるなり。ホト、ギス紙上に公にするなど、いはれては今後は筆渋りて書くこと出来ずとの事に候。

虚子の粗忽《そこつ》であった。『仰臥漫録』の公開など、子規の神経を逆撫《さかな》でする以外の何ものでもなかったろう。子規は「すこしも情をた(矯)めず何も彼もしるし」たかったのである。それによって精神のバランスが保てたのであろう。が、虚子は、猛省しつつもしたたか。明治三十五年(一九〇二)九月十九日に、子規が数え年三十六歳で没するや、明治三十八年(一九〇五)一月一日発行の「ホトトギス」第八巻第四号の巻末付録として、五十二ページにわたって『仰臥漫録』を掲載しているのである。これによって、はじめて『仰臥漫録』のほぼ全体(先の律への言及、絵画などは、省略、削除されている)が、公にされたのである。

この『仰臥漫録』が、絵画も含めてそっくりそのままの形で複製されたのは、大正七年(一九一八)九月十九日(子規居士《こじ》十七回忌)。岩波書店刊。これに付されている寒川《さんがわ》鼠骨《そこつ》の「「仰臥漫録」の後に」に、『仰臥漫録』に執着する鼠骨が窺える左のごとき興味深い一節がある。冒頭の「余」は、もちろん鼠骨。

余は「仰臥漫録」をば子規庵から借りて来ては返し、返して置いて借りて来たりし、近年は借りし吾家《わがや》に留置く時間の方が長くなつて居たのである。

ともかくも、大正七年という時点では、『仰臥漫録』は、子規庵に保管されていたのである。この時点では、子規の母八重《やえ》も、妹律も健在。母八重は、昭和二年(一九二七)五月十二日没、享年八十三。妹律は、昭和十六年(一九四一)五月二十四日没、享年七十二。二人が没した後、昭和二十四年(一九四九)ごろ、『仰臥漫録』が子規庵から消え、杳《よう》として行方がわからなくなったのである。以後、揣摩《しま》臆測《おくそく》が飛び交うことになった。

ところが、平成十三年(二〇〇一)三月、東京都台東区根岸二—五—十一の子規庵の土蔵の内壁と書庫壁の間に風呂敷に包まれた状態で突如として出現したのである。びっくり仰天、文字通り灯台下暗《もとくら》しの体《てい》である。が、とにもかくにも五十余年を経て子規自筆の『仰臥漫録』が、再び世の中に現れたのであるから、なによりの慶事と言ってよいであろう。現在は、兵庫県芦屋市平田町八—二二の公益財団法人虚子記念文学館蔵。

岩波文庫の一冊として『仰臥漫録』が出版されたのは、昭和二年（一九二七）七月十日のこと。のちに付け加えられた「昭和二年九月」と識語のある「解説」で、寒川鼠骨は左のごとき興味深い一事を報告している。

土佐の俳人から贈つて来た土佐半紙が大判物で質のよいものであつた所から、ふと斯《こ》うした手記を試みる気になられたのである。二冊に分綴してあつて、一冊が七十一枚第二冊が七十五枚、それに毛筆もて一字平均一寸角大の字で無雑作に書かれてゐる。

この「解説」を書いている時期は、子規の母八重の亡くなった四ヶ月後。『仰臥漫録』は妹律が保管していたのであった。鼠骨は借り出して、座右に置きつつ、この「解説」を書いたのであろう。もちろん、鼠骨が言うように上質の土佐半紙が手に入ったということもあろうが、第一の執筆動機は、すでに『墨汁一滴』（明治三十四年執筆）の中で、今ははや筆取りて物書く能《あた》はざるほどになりしかば思ふ事腹にたまりて心さへ苦しくなりぬ。かくては生けるかひもなし。はた如何《いか》にして病の牀《とこ》のつれづれを慰めてんや。思ひしく居るほどにふと考へ得たるところありて終《つい》に墨汁一滴といふものを書かましと思ひたちぬ。

と吐露している。この志向の延長線上に『仰臥漫録』執筆の本来の動機があったと見てよいであろう。しかも、日を追うごとに病状は悪化しつつあったのであるから、なおさらである。「病の牀のつれづれを慰め」るのは、子規の場合、ひたすら「書く」ことだった。そんな子規にとって、上質の土佐半紙が届けられたのであるから、まさに渡りに船だったのである。

興味尽きない随筆的日記『仰臥漫録』であるが、最後に、こんな記述もあるということで、病苦の中の子規の実体験があったからこそ生まれたであろう箴言《しんげん》を一つ紹介しておく。迫真力のある言葉でこんなことを書き綴っているのである。

天下の人余り気長く優《ゆう》(悠)長《ちょう》に構へ居《おり》候はば後悔可致《いたすべく》候

天下の人あまり気短く取いそぎ候はば大事出来申間敷候《もうすまじく》
われらも余り取いそぎ候ため病気にもなり不具にもなり思ふ事の百分一も出来不申候《もうさず》
しかしわれらの目よりは大方の人はあまりに気長くと相見え申候

〔編集付記〕

一、本文庫の底本には、岩波文庫旧版(一九二七年七月刊)を用い、複製本『仰臥漫録』(岩波書店、一九一八年九月刊)、『子規全集』第十一巻(講談社、一九七五年四月刊)等を参照した。原文の大半は漢字と片仮名で書かれているが、読みやすくするため片仮名は原則として平仮名に改めた。

一、今回の改版に当たってはルビの加除等の整理を改めて行い、図版の一部をカラーとし、復本一郎氏に新たな解説を御執筆いただいた。図版の底本には右の複製本の復刻版(岩波書店、一九八三年十一月刊)を用いた。

岩波文庫(緑帯)の表記について

近代日本文学の鑑賞が若い読者にとって少しでも容易となるよう、旧字・旧仮名で書かれた作品の表記の現代化をはかった。そのさい、原文の趣をできるだけ損なうことがないように配慮しながら、次の方針にのっとって表記がえを行った。

(一) 旧仮名づかいを新仮名づかいに改める。ただし、原文が文語文であるときは旧仮名づかいのままとする。

(二) 「当用漢字表」に掲げられている漢字は新字体に改める。

(三) 漢字語のうち代名詞・副詞・接続詞など、使用頻度の高いものを一定の枠内で平仮名に改める。

(四) 平仮名を漢字に、あるいは漢字を別の漢字に替えることは、原則として行わない。

(五) 振り仮名を次のように使用する。

(イ) 読みにくい語、読み誤りやすい語には現代仮名づかいで振り仮名を付す。

(ロ) 送り仮名は原文通りとし、その過不足は振り仮名によって処理する。

例、明に↓明《あきらか》に

（二〇二一年四月、岩波文庫編集部）

仰臥漫録《ぎょうがまんろく》

1927年 7月10日 第1刷発行
1983年 11月16日 第15刷改版発行
2022年 5月13日 改版第1刷発行

著 者 正岡子規《まさおかしき》

発行者 坂本政謙

発行所 株式会社 岩波書店
〒101-8002 東京都千代田区一ツ橋 2-5-5

案内 03-5210-4000 営業部 03-5210-4111
文庫編集部 03-5210-4051
https://www.iwanami.co.jp/

印刷・精興社 製本・中永製本

ISBN 978-4-00-360042-9 Printed in Japan

読書子に寄す

——岩波文庫発刊に際して——

岩波茂雄

真理は万人によって求められることを自ら欲し、芸術は万人によって愛されることを自ら望む。かつては民を愚昧ならしめるために学芸が最も狭き堂宇に閉鎖されたことがあった。今や知識と美とを特権階級の独占より奪い返すことはつねに進取的なる民衆の切実なる要求である。岩波文庫はこの要求に応じそれに励まされて生まれた。それは生命ある不朽の書を少数者の書斎と研究室とより解放して街頭にくまなく立たしめ民衆に伍せしめるであろう。近時大量生産予約出版の流行を見る。その広告宣伝の狂態はしばらくおくも、後代にのこすと誇称する全集がその編集に万全の用意をなしたるか。千古の典籍の翻訳企図に敬虔の態度を欠かざりしか。さらに分売を許さず読者を繫縛して数十冊を強うるがごとき、はたしてその揚言する学芸解放のゆえんなりや。吾人は天下の名士の声に和してこれを推挙するに躊躇するものである。このときにあたって、岩波書店は自己の責務のいよいよ重大なるを思い、従来の方針の徹底を期するため、すでに十数年以前より志して来た計画を慎重審議この際断然実行することにした。吾人は範をかのレクラム文庫にとり、古今東西にわたって文芸・哲学・社会科学・自然科学等種類のいかんを問わず、いやしくも万人の必読すべき真に古典的価値ある書をきわめて簡易なる形式において逐次刊行し、あらゆる人間に須要なる生活向上の資料、生活批判の原理を提供せんと欲する。この文庫は予約出版の方法を排したるがゆえに、読者は自己の欲する時に自己の欲する書物を各個に自由に選択することができる。携帯に便にして価格の低きを最主とするがゆえに、外観を顧みざるも内容に至っては厳選最も力を尽くし、従来の岩波出版物の特色をますます発揮せしめようとする。この計画たるや世間の一時の投機的なるものと異なり、永遠の事業として吾人は微力を傾倒し、あらゆる犠牲を忍んで今後永久に継続発展せしめ、もって文庫の使命を遺憾なく果たさしめることを期する。芸術を愛し知識を求むる士の自ら進んでこの挙に参加し、希望と忠言とを寄せられることは吾人の熱望するところである。その性質上経済的には最も困難多きこの事業にあえて当たらんとする吾人の志を諒として、その達成のため世の読書子とのうるわしき共同を期待する。

昭和二年七月

岩波文庫の最新刊

バーリン著／桑野 隆訳

ロシア・インテリゲンツィヤの誕生 他五篇

ゲルツェン、ベリンスキー、トゥルゲーネフ。個人の自由の擁護を徹底して求めた十九世紀ロシアの思想家たちを、深い共感をこめて描き出す。

〔青六八四-四〕 定価一一一一円

正岡子規著

仰臥漫録

子規が死の直前まで書きとめた日録。命旦夕に迫る心境が誇張も虚飾もなく綴られる。直筆の素描画を天然色で掲載する改版カラー版。

〔緑一三-五〕 定価八八〇円

宗像和重編

鷗外追想

近代日本の傑出した文学者・鷗外。同時代人の回想五五篇から、厳しさと共に細《こま》やかな愛情を持った巨人の素顔が現れる。鷗外文学への最良の道標。

〔緑二〇一-四〕 定価一一〇〇円

……今月の重版再開……

トーマス・マン著／青木順三訳

講演集 リヒァルト・ヴァーグナーの苦悩と偉大 他一篇

〔赤四三四-八〕 定価七二六円

コンドルセ他著／阪上 孝編訳

フランス革命期の公教育論

〔青七〇一-一〕 定価一二一〇円